Una stagione in campagna

Liz Levoy

Elisa Press

Impronta

Copyright © 2021 di Liz Levoy

March 2021

Pubblicato da:

Splendid Island Ltd

Scanbox 05927

Ehrenbergstrasse 16a

10245 Berlin - Deutschland

Indice

Capitolo 1

"Una stagione indesiderata"

Lady Elizabeth Hanbury era annoiata, uno stato d'animo a cui non era abituata. La sua era una vita di feste londinesi, balli e serate, cene raffinate e ricevimenti sontuosi, il tutto sullo sfondo delle migliori case e club che la capitale aveva da offrire.

In questo giorno di maggio, tuttavia, si trovava negli angusti confini di una carrozza, guidata a una velocità scomoda verso la contea di Hampshire. La sua destinazione era il piccolo villaggio di Ossington, un luogo che non aveva mai visitato prima e che non aveva alcuna voglia di visitare in questo momento.

Questa stagione, sua madre aveva decretato che invece di dedicarsi ai grandi affari che la capitale della nazione aveva da offrire avrebbe dovuto preferibilmente essere ospite dei suoi lontani cugini, gli Ossington di Ossington Hall. Il duca e la duchessa di Ossington erano parenti del suo defunto padre e Lady Hanbury aveva decretato che trascorrere del tempo fuori Londra, e specialmente in campagna, avrebbe giovato a Elizabeth.

Per fortuna Ossington Hall era anche la casa dell'apparente erede della tenuta, Lord Richard Ossington, uno scapolo che la madre di Elizabeth aveva lasciato intendere che avrebbe voluto conoscere meglio.

Da parte sua Elizabeth non aveva alcun desiderio di conoscere meglio nessuno, una serie di mancati pretendenti l'avevano seguita in giro per Londra in queste ultime stagioni e non aveva alcun desiderio di aggiungerne un altro alla già lunga lista. Sua madre però non le aveva dato scelta.

Fu così che Elizabeth aveva trascorso la giornata nei confini dello scompartimento di viaggio della carrozza. Urtata e scossa poiché le strade lisce della capitale avevano ceduto il posto alle strade sterrate della campagna. Si erano fermati in una locanda per il pranzo e mentre Elizabeth era stata colpita dalla bellezza del paesaggio, il vuoto rurale l'aveva anche riempita di terrore, cosa doveva fare di se stessa per un'intera stagione bloccata in questo posto?

Alla fine l'autista la informò che il villaggio di Ossington si stava avvicinando, ed Elizabeth tirò giù i finestrini da entrambi i lati della carrozza per avere una visuale migliore. Il terreno agricolo cedette il posto ai boschi su entrambi i lati e attraversarono un piccolo fiume mentre entravano nel villaggio. Era stato costruito in gran parte di pietra imbiancata, gran parte di essa coperta di edera, i tetti di paglia che ricordavano un'epoca passata. Nel suo centro oltrepassarono la chiesa dedicata a S. Matteo, alla porta della quale Elizabeth vide il parroco, un anziano signore con degli occhiali circolari che guardò la carrozza con interesse mentre sfrecciava attraverso il villaggio, seminando bestiame e galline sul suo cammino.

Elizabeth non poté fare a meno di pensare che fosse un bel posticino e si controllò, dato che aveva promesso che non avrebbe gradito nulla di tutta questa esperienza. Mentre uscivano dal villaggio, l'autista fu costretto a fermarsi sulla strada facendo volare Elizabeth all'indietro sul suo sedile, la sua cuffia e lo scialle rimasero abbastanza scompigliati dall'esperienza.

"Qualunque cosa stia succedendo", disse all'autista che si chinò mentre si avvicinava al finestrino.

"Distaccamento degli uomini del re, signora," rispose l'autista con noncuranza, "non si fermano per nessuno, è sempre meglio stare da parte quando passano i soldati."

Elizabeth guardò mentre lungo la strada passava un corteo di cavalli, che portavano gli ufficiali di quello che doveva essere un distaccamento proveniente da uno dei reggimenti. Erano uno spettacolo da vedere. Alla loro testa guidava un uomo anziano, su un bel destriero, la cui costituzione e compostezza emanavano autorità e vicino a lui veniva portata la bandiera del reggimento, svolazzante nella brezza.

Dietro, al suono dei tamburi, marciavano i soldati e ai loro lati cavalcavano gli ufficiali meno anziani, abbaiando ordini e gridando alla fanteria di tenere il tempo. Quando Elizabeth guardò un altro cavallo

percorrere il corteo diretto verso l'ufficiale di fronte, la sua vista le fece perdere il respiro. Elizabeth non era dedita a pensieri fantasiosi, ma era l'uomo più affascinante che avesse mai visto. Guidava il suo destriero con destrezza ed equilibrio, la sua struttura forte e muscolosa seduta facilmente sopra quest'ultimo. Indossava l'uniforme del re, la sua treccia d'oro e il broccato brillavano alla luce del sole. Il suo viso era bello e robusto, i suoi capelli biondi spuntavano da sotto il cappello. Fu lui che ringraziò il conducente della carrozza per essersi fermato, e mentre girava il suo cavallo gli occhi caddero sul viso della giovane donna che guardava fuori dal finestrino.

I loro occhi si incontrarono momentaneamente ed un leggero rossore apparve sopra il suo viso mentre rimosse il suo cappello e fece un inchino dal suo cavallo. Anche Elizabeth arrossì e alzò la mano verso il viso mentre i loro occhi si incontrarono ancora una volta e lui le sorrise.

"Muovete gli uomini, Capitano Daventree, venite ora, guardate bene", la voce dell'ufficiale al comando riportò in sé il giovane capitano che girò il suo cavallo, abbaiando ordine dietro di lui. Elizabeth non poté togliergli gli occhi di dosso e allungò il collo per osservarlo dal finestrino.

Una volta che la colonna superò il conducente della carrozza egli fece scattare i cavalli che ripresero la loro corsa fuori dal villaggio. Ma Elizabeth non riusciva a distogliere la sua mente dall'uomo che aveva appena visto e il suo viso era sempre più impresso nella sua mente mentre si avvicinavano a Ossington Hall.

A poca distanza dal villaggio la carrozza attraversò i cancelli. Due plinti in pietra sormontati dall'emblema degli Ossington custodivano l'ingresso e poi la strada conduceva attraverso il parco fino alla dimora. Nonostante le sue preoccupazioni Elizabeth non riusciva a credere ai suoi occhi.

Ossington Hall era, considerate le dimensioni del villaggio da cui prendeva il nome, enorme. Aveva due grandi ali centrate su un'imponente facciata neoclassica. Le grandi colonne nascondevano la parte anteriore della casa che era alta quattro piani e dalla cima sventolava la bandiera degli Ossington, accanto a quella della nazione. Una grande distesa di ghiaia giaceva davanti alla casa e come la carrozza passò attraverso di essa, le figure di diversi camerieri emersero dall'ingresso.

Elizabeth si preparò per essere accolta stirando il suo vestito e mettendo uno scialle intorno alle spalle, la sua cuffia stretta. Si sedette indietro, e smise di fissare dal finestrino come una ficcanaso imbambolata, aspettò che la carrozza si fermasse, e il suono del cameriere che si avvicinava indicando che la porta stava per essere aperta.

Scese dalla carrozza per essere accolta da quella che sembrava metà del villaggio. Erano emersi una trentina di servitori, i camerieri in piedi in una fila di broccato rosso e oro, mentre le cameriere e il personale della cucina rimanevano da parte per fare spazio alla famiglia

che ora si trovava sul gradino superiore. Elizabeth si sentì piuttosto intimidita, ma Lady Ossington aprì le braccia e sorrise alla giovane ragazza, scendendo a salutarla.

"Cara, Elizabeth," disse, abbracciandola, "Quanto è bello vedervi. Confido che il vostro viaggio sia stato piacevole?"

"Molto piacevole, la campagna qui è molto bella, vero?"

"Sicuramente ci piace, e vostra madre sta bene?"

"In uno stato di salute invidiabile."

"Sono così preoccupata per lei dalla morte del vostro povero padre, dovete esserle di grande conforto. Venite ora, da questa parte, e lasciate che vi presenti alla famiglia."

Lady Ossington condusse Elizabeth su per i gradini, mentre andava, i servi si inchinarono a lei. Il primo era Lord Ossington, un uomo gentile che aveva trascorso gran parte della sua vita impegnato negli affari di stato e ora, in pensione, trascorreva i suoi giorni in mezzo alla biblioteca straordinariamente fornita che aveva stabilito a Ossington Hall. Era attualmente impegnato in uno studio dello stato ateniese al tempo di Euripide e salutò Elizabeth con entusiasmo.

"Mia cara bambina, l'ultima volta che vi ho vista eravate solo una bambina e ora siete diventata una donna così bella. Benvenuta, benvenuta. Se desideraste prendere un volume dalla biblioteca vi prego di farlo, la troverete il più adeguatamente fornita."

Elizabeth strinse la mano dell'anziano aristocratico e lo ringraziò per la sua gentile offerta. Non aveva mai avuto una passione per i libri a Londra, la compagnia degli altri le forniva molta più eccitazione che starsene seduta pigramente, a leggere i racconti degli altri.

La famiglia del duca e della duchessa era piccola, altri due fratelli più giovani erano lontani, uno impegnato al servizio del re e l'altro in cerca di fortuna nel nuovo mondo. Questo lasciò solo Richard, il più giovane dei tre figli e quello che Lady Hanbury aveva annunciato sarebbe stato un buon partito per Elizabeth.

"E il nostro figlio più giovane, Richard, che conoscerete molto bene", disse Lady Ossington, sorridendo mentre Richard prese la mano di Elizabeth.

"Sono molto contento di conoscervi, ho sentito parlare così tanto di voi," disse, "le lettere di vostra madre parlano di voi come di una bellezza considerevole e non si sbagliava."

Elizabeth arrossì, chiedendosi esattamente cosa significassero le parole di Lady Ossington e cosa stesse dicendo sua madre.

"È così bello quando una madre si interessa al futuro di sua figlia. È come dovrebbe essere ed eravamo troppo felici di avervi qui per la stagione e per conoscere Richard", continuò Lady Ossington.

Una brezza soffiò attraverso la parte anteriore della casa e nonostante il periodo dell'anno si sentiva ancora freddo. Lady Ossington fece entrare in casa Elizabeth e chiese ai camerieri di portare i suoi bauli. Sua Signoria tornò in biblioteca, rassicurandoli della sua presenza a cena, ma Richard rimase durante tutto il procedimento, commentando il vestito di Elizabeth e il suo comportamento.

"Siete straordinaria, Elizabeth. Davvero, la più straordinaria," disse.

Purtroppo Richard non lo era. Da bambino poteva anche essere stato come Lady Hanbury ricordava, ma nel corso degli anni era cresciuto piuttosto scompigliato e trasandato, nonostante il suo grado. Tale robustezza poteva essere perdonata su qualsiasi altro, ma nella figura di Richard Ossington contribuiva solo ad attenuare una personalità che era di per sé abbastanza trasandata e incontrollata. Aveva la reputazione di donnaiolo. Certo, tali azioni per suo conto non avevano portato all'attrazione del sesso femminile, tutt'altro, ma aveva posto nel suo cuore un senso di amarezza che, quando mescolato con aristocratica auto-determinazione, assicurò che ora credeva fermamente che Lady Hanbury avesse mandato sua figlia a sposarlo e che questo fosse certo.

"Le vostre stanze sono qui, Elizabeth," disse Lady Ossington, "Confido che le troverete piacevoli."

Le stanze a cui Elizabeth era stata assegnata erano effettivamente piacevoli. Due stanze, un salotto ed una camera da letto, si affacciavano sugli ampi giardini della parte posteriore della casa. Un fuoco era stato acceso in entrambe le camere e l'ampia fornitura di candele significava che le camere erano ben illuminate. L'arredamento era confortevole, e il letto sembrava molto invitante dopo una dura giornata di viaggio.

"Una cameriera sistemerà le vostre cose," continuò Lady Ossington "e noi ceneremo alle otto in punto nella piccola sala da pranzo, essendo solo noi quattro a cena. Spero che sarete a vostro agio, siamo così felici di avervi qui."

"Davvero felici", disse Richard, in bilico vicino alla porta.

"Grazie di cuore," disse Elizabeth, "Mi sistemerò e poi cercherò di esplorare un po' la casa, anche se aspetterò che il tempo si riscaldi un po' prima di vedere l'intera estensione della tenuta."

"Una saggia decisione penso" disse Lady Ossington, "ora vi faremo accomodare, venite Richard, ci sarà un sacco di tempo per conoscere Elizabeth con il passare delle settimane e dei mesi."

L'intimazione dei 'mesi' provocò un gemito soffocato ad Elizabeth, cosa doveva fare qui per i mesi a venire? La casa era grande, ma lei l'avrebbe esplorata in pochissimo tempo e anche se i giardini erano estesi aveva poco interesse per l'aria aperta, essendo abituata alla comodità della carrozza come mezzo di trasporto.

Per quanto riguardava la casa, Lady Ossington sembrava la più piacevole, ma avvalersi della sua compagnia sarebbe stato come avere la propria madre come costante compagna. Lord Ossington aveva gentilmente chiarito che preferiva la compagnia dei suoi libri ai visitatori della città e per quanto riguardava suo cugino di secondo grado Elizabeth era certa che volesse vederlo il meno possibile.

Si affacciò in giro per le stanze, canticchiando tra sé quando bussarono alla porta.

"Entrate", disse.

La porta si aprì lentamente e la figura di una delle cameriere guardò timidamente all'interno.

"Mi scusi signora, sono Lucy, la vostra cameriera. Posso esservi d'aiuto?"

"Entrate, sì, muoio dalla voglia di compagnia", disse Elizabeth.

Elizabeth non era come molti del suo rango e godeva di buoni rapporti con i servitori della sua casa. Non si poteva mai sapere quando avrebbero potuto essere utili ed era sempre ragionevole mantenere dalla parte giusta chi era in servizio. Lucy fu presa alla sprovvista dal tono amichevole della sua nuova signora ed entrò, impaziente di assisterla.

"Immagino che sotto le scale si parli di una ragazza di Londra terribilmente viziata appena arrivata in campagna?" disse Elizabeth, mentre Lucy l'aiutava a piegare i vestiti.

"Oh, niente del genere signora," Lucy mentì.

Il discorso sotto le scale non era stato niente di diverso, i servi immaginavano che Elizabeth sarebbe stata proprio come si era descritta.

"Ci si aspetta che allestiremo tutti i suoi modi fantasiosi," aveva detto il cuoco, "mangiano cose strane lassù sapete, tutto è in aspic o cotto in una torta elaborata. Faccio i miei pasticcini alla vecchia maniera, non deve sembrare come quello che state mangiando", e le sue farneticazioni erano continuate.

Ma Lucy era sorpresa di trovare così piacevole una signora di Londra e le due risero e parlarono insieme, la cameriera ammirava la vasta collezione di abiti di Elizabeth.

"Vorrei andare a Londra, un giorno," disse Lucy malinconicamente, "Non sono mai stata più lontano di Winchester e questo solo da bambina quando mia nonna mi portava alla Temperance Hall."

"È un posto meraviglioso, di certo non volevo scambiarlo con questo. Non che ci sia qualcosa che non va qui ..." "ma dopo Londra mi preoccupo di non trovare niente da fare."

"Beh, abbiamo il ballo nei granai alla fattoria degli Hodgson," disse Lucy, "e la fiera d'autunno sul prato comune, Lord e Lady Ossington aprono sempre la cerimonia, e poi c'è il ballo di maggio nelle sale riunioni. Sono sicura che troverete qualcosa da fare. Noi persone di campagna non siamo così semplici come ci fanno sembrare."

"Beh, dovrete indirizzarmi verso un po' di divertimento, Lucy. Ora penso che farò una passeggiata per la casa prima di cena."

"Come desiderate signora," disse la cameriera, ed Elizabeth la lasciò piegare i vestiti negli armadi, il fuoco ancora bruciava allegramente nella sua grata.

Le camere di Elizabeth erano situate sul retro dell'ala destra della casa e un corridoio in moquette portava verso la scala principale. Oltre a esso c'erano stanze e stanze, all'interno di alcune delle quali Elizabeth aveva sbirciato, trovando camere da letto e camere dei bambini, molte coperte da strati di polvere, forse non aperte da anni. Non c'era quasi nessuno, qualche servo occasionale sfrecciava verso di lei mentre si avvicinava, o rimaneva in piedi goffamente e si inchinava a lei, un'obbedienza che rimosse insistendo sulla loro integrità, il servo in questione arrossì profondamente.

Si arrampicò su parecchie scale e attraversò quello che ritenne come un miglio di corridoi fino a che non arrivò ad una porta contrassegnata come 'biblioteca superiore'.

Aprì delicatamente la grande porta di quercia e trovò un meraviglioso spettacolo. Si trovava in una galleria fiancheggiata da libri dalla quale vide due ulteriori piani oltre alla biblioteca principale al di sotto. Ogni spazio concepibile era rivestito da scaffali, alte scale mobili permettevano di raggiungere i libri in modo che anche quelli più lontani fossero accessibili. Una scala scendeva dalla galleria e al di sotto, seduto a una grande scrivania, vicino al fuoco a scrivere rapidamente con una grande penna nera sedeva Lord Ossington che alzò lo sguardo quando sentì il rumore.

"Beh, mia cara, che bello vedervi, state facendo un tour, vero?" le disse, la sua voce si perse tra i mucchi di libri.

"È una casa straordinaria", rispose, appoggiata sopra la ringhiera della galleria, mentre sorrideva al gentiluomo di sotto.

"É stata della mia famiglia per nove generazioni ed è stata ampliata da ognuna di esse. Il mio contributo è questa biblioteca, sapete quanti volumi ci sono qui?"

"Non riesco ad immaginarlo, migliaia", disse,

"Non lo so nemmeno io", si mise a ridere, "se mi aveste dato una risposta, allora l'avrei accettata, prendete in prestito tutto quello che volete, basta scriverlo e lasciare il biglietto sulla mia scrivania. Ho un sistema di archiviazione molto meticoloso", e con questo tornò al suo lavoro, ridendo da solo per il suo sistema di archiviazione meticoloso e inesistente.

Elizabeth mentre lasciava la biblioteca, si chiese se le sarebbe piaciuto leggere, ma dato che pensava che non avrebbe potuto leggere tutti quei libri nella sua vita, allora come avrebbe potuto sceglierne solo uno per cominciare?

Tornò al piano di sotto e seguì un altro corridoio, questa volta verso la sala da pranzo. Presumeva che questa fosse la grande sala da pranzo, la tavola era apparecchiata per quaranta persone, e coperta dalle più sorprendenti posate e ornamenti che avesse mai visto. Al centro c'era un enorme cigno dorato che sembrava nuotare lungo la tavola in mezzo a un mare di vetreria. Lo guardò meravigliata per alcuni momenti, percorrendo la lunghezza del tavolo per ottenere una vista migliore. Questa era una casa piuttosto straordinaria.

Saloni e salotti, sale da giorno e solarium, sale con armature e gallerie decorate da arazzi. Nel momento in cui trovò la strada per tornare nella sua stanza, Elizabeth era abbastanza confusa sulla disposizione della casa e credeva che non sarebbe mai riuscita a trovare la strada al suo interno.

"Mi chiedo se Lord Ossington abbia mai messo piede in tutte le stanze", si domandò, mentre si vestiva per cena.

Lucy aveva lasciato fuori un bel vestito rosa per il cambio abito di Elizabeth e aveva scelto uno scialle di raso oro per accompagnarlo, ammirando se stessa allo specchio mentre lo faceva. Cinque minuti prima delle otto un gong lontano suonò ed Elizabeth lo prese come segnale per scendere a cena. Mentre si univa alla scala principale che doveva emergere dall'ala opposta, Richard Ossington apparve, come se fosse previsto. Cosa che naturalmente era.

"Posso accompagnarvi a cena", disse, allungando il braccio in modo che Elizabeth non avesse altra scelta che prenderlo.

"Grazie", disse mentre i due scendevano insieme piuttosto goffamente verso la sala da pranzo.

"Ho fatto un giro della casa questo pomeriggio," disse, cercando di fare conversazione.

"Dovreste abituarvi al luogo," rispose, "è una grande casa da gestire e vi farebbe bene conoscere la piena portata dei compiti domestici che richiedono una gestione, in modo che la casa funzioni senza intoppi."

"Emm... sì, certo" disse, ancora una volta confusa sulle sue parole.

La piccola sala da pranzo non era affatto piccola, ma era più piccola di quella contenente il cigno dorato e Lord e Lady Ossington erano già presenti quando Elizabeth e Richard entrarono.

"Oh, Richard, che gentile da parte vostra scortare qui Elizabeth," disse Lady Ossington, "venite e sedetevi qui accanto a me. Potete portare la cena ora," disse mentre i servi corsero via verso la cucina.

La cena era semplice; una zuppa fu seguita da fette di manzo e patate accompagnate da verdure e il dolce era composto da mele cotogne caramellate nel miele che Lord Ossington spiegò ad Elizabeth essere uno dei suoi dolci preferiti.

"Sono deliziose", rispose, anche se in realtà le trovava un po' difficili da digerire, il miele era un'aggiunta malaticcio-dolce a quello che era già di per sé un frutto malaticcio-dolce.

"Allora raccontateci di Londra Elizabeth", disse Lady Ossington, "cosa fate voi e la vostra cara madre per divertirvi lì, ci sono molti balli?"

"Molte danze, sì," disse Elizabeth, "e cene, serate, picnic, incontri sociali di ogni tipo."

"E sono sicuro che siete festeggiata in tutti," disse Richard.

Elizabeth lo ignorò ancora una volta e continuò a spiegare le delizie di Londra ai suoi ospiti. Mentre diceva loro dei balli e delle cene del grand club e delle feste a cui partecipava, era fin troppo consapevole di ciò che aveva lasciato indietro durante questa stagione. Trovava Ossington piuttosto noioso, e la compagnia non era esattamente stimolante quanto lo erano Lord e Lady Ossington.

"Beh, dovremo progettare qualche forma di divertimento", disse Lady Ossington, "forse Richard vi porterà a Winchester qualche volta, e naturalmente ci sono gli eventi del villaggio a cui assistiamo come patroni della comunità. Non posso promettervi tutta l'emozione di Londra. Siamo persone più semplici quaggiù, troverete la campagna piuttosto piacevole ne sono sicura."

Elizabeth non era convinta, ma i suoi pensieri si rivolsero ancora una volta ai soldati che aveva visto prima.

"Quando siamo arrivati a Ossington un distaccamento degli uomini del re stava arrivando lungo la strada", disse, credendo che fosse una dichiarazione del tutto innocente.

Richard fece un suono di fastidio mentre il Duca depose il cucchiaio.

"Beh, non sono stato informato di ciò," disse, "un distaccamento dite? Sono stati stanziati qui in precedenza e ..."

"Stanziati qui e hanno causato nient'altro che guai," disse Richard, "si deve fare in modo che vengano allontanati una volta per tutte."

"Suvvia, Richard", disse il Duca, "non c'è niente di male nei soldati, devo ammettere che la loro permanenza precedente nel villaggio ha causato uno o due scandali, ma niente di insormontabile, ne sono certo. Dovrò fare domande a tal proposito," prese il suo cucchiaio di zuppa e continuò a mangiare. Elizabeth era incerta se avesse detto la cosa giusta.

Il resto della cena trascorse in una conversazione educata, Elizabeth era comprensibilmente stanca dopo il suo lungo viaggio e rifiutò l'offerta di Lady Ossington di un caffè nel salotto e andò a letto. Mentre usciva dalla sala da pranzo, Richard la seguì, insistendo nell'accompagnarla lungo il tragitto verso le sue stanze.

"Spero che vi sia piaciuto il vostro primo assaggio di vita qui a Ossington, sono sicuro che sarete molto felice qui," disse, "Io per primo sono molto impaziente di approfondire la vostra conoscenza, queste situazioni richiedono un'attenta gestione."

Anche in questo caso, Elizabeth non aveva idea di quello a cui si riferisse, e gli diede la buonanotte, lui la guardò procedere lungo il corridoio per un po' più di quanto si sentiva a suo agio. Nelle sue stanze Elizabeth scoprì che il letto era stato abbassato e il suo abito da notte steso. Il fuoco brillava piacevolmente nel focolare e fuori sentì il rumore di un gufo. Era terribilmente tranquillo, molto diverso dal trambusto di Londra. Tirò indietro la spessa tenda drappeggiata e guardò verso i terreni alla luce del chiaro di luna, il corpo lunare che gettava la sua luce fredda sul paesaggio. Era stata una giornata abbastanza movimentata e non riusciva a liberarsi dell'immagine del focoso capitano. Non era certo quello che si aspettava nel tranquillo villaggio di

Ossington, molto più entusiasmante del torpore che Ossington Hall sembrava trasudare.

"Sfruttatelo al massimo," disse a se stessa, girandosi e salendo nel letto, "dopo tutto, siete bloccata qui ora."

Capitolo 2

"Una sorpresa a Ossington"

"Ci dovrebbero essere kedgeree e reni a colazione," disse Lord Ossington, sollevando i coperchi delle torrette sulla credenza e facendo versi di disapprovazione, "come posso lavorare senza una buona colazione ogni giorno?"

"Me ne occuperò immediatamente, Vostra Signoria", disse il cameriere, correndo fuori dalla sala da pranzo.

"Non rimproverate i servi in questo modo," disse sua moglie, prendendo delle uova, "non avete bisogno di queste cose a colazione, pensate alla vostra gotta."

"La mia gotta non si è infiammata da Natale."

"E ci siete stato a letto per gran parte di gennaio. Oh, buongiorno, Elizabeth."

Elizabeth era appena entrata nella sala da pranzo e aveva sentito la conversazione con un certo divertimento. La coppia le ricordava sua madre e suo padre che litigavano all'infinito ma erano devoti l'uno all'altra.

"Come avete dormito?" chiese Lady Ossington, "venite a fare colazione, c'è un sacco di scelta, come penso abbiate appena sentito."

Elizabeth sorrise e portò il suo piatto alla credenza proprio mentre la porta della dispensa si aprì e due camerieri apparvero portando ulteriori torrette fumanti con così tanto kedgeree e così tanti reni ammucchiati che Lord Ossington lasciò uscire un grugnito.

"Fareste meglio a iniziare a mangiare," disse sua moglie, sorridendo, mentre Elizabeth andò a sedersi accanto a lei.

La porta si aprì e Richard, vestito in calzoni da equitazione, entrò nella sala da pranzo, andando dritto per la credenza e riempiendo il suo piatto con il cibo.

"Andate a cavallo oggi, Richard?" chiese sua madre, anche se la risposta era abbastanza ovvia.

"Oggi *andiamo* a cavallo, madre" rispose Richard, guardando Elizabeth e sorridendo, "Ho intenzione di mostrare alla nostra ospite la tenuta, posso fidarmi delle vostre abilità di cavallerizza?"

In realtà, Elizabeth era una cavallerizza piuttosto abile che aveva gareggiato nel dressage da bambina e aveva imparato a cavalcare presso le stalle del re sul terreno della parata a Londra. Annuì mentre Richard prese posto di fronte a lei.

"Splendido," disse, "è deciso allora, andremo in giro per la tenuta e giù fino al villaggio, vedrete che l'estensione della nostra terra è abbastanza considerevole."

"Sono sicura che sarò felice di vederlo," disse Elizabeth, anche se avrebbe di gran lunga preferito esplorare da sola.

"Beh, io sarò sui miei libri," disse Lord Ossington, "Sto per giungere a una svolta."

"Lo dite ogni giorno", rispose sua moglie.

"Beh, oggi è vero, e dato che ho avuto le delizie di Kedgeree e di reni per colazione sono ben fortificato per la mattinata," e con questo si alzò e augurò loro una buona giornata.

"Il pranzo sarà all'una, Elizabeth," disse Lady Ossington, "Confido che Richard si prenderà cura di voi, vero Richard?"

"Certo, madre," rispose, "Elizabeth sarà in buone mani."

"Sarà un bene per voi due conoscervi meglio", disse Lady Ossington, "gli accordi possono richiedere tempo per essere stipulati correttamente."

E con quello anche lei si alzò e lasciò la sala da pranzo.

"Siate pronta tra mezz'ora", disse Richard ad Elizabeth, e si alzò per lasciare la stanza.

Elizabeth sedette pesantemente per qualche istante, tutto questo parlare di arrangiamenti e conoscersi l'un l'altro le sembrò abbastanza strano. Finita la colazione, tornò nelle sue stanze, dove si mise in abiti adeguati, attraversando un'altra parte della casa verso le stalle. Poteva sentire il trambusto dalle cucine e si meravigliava del fatto che ci volevano così tante persone per gestire una casa con così pochi occupanti.

Richard la stava aspettando nel cortile della stalla e aveva ordinato di preparare il proprio cavallo insieme a una cavalla color castagno con un naso a strisce bianche il cui nome era Blenheim.

"Pensavo vi foste persa", disse, mentre lo stalliere portava i cavalli dove lui ed Elizabeth si trovavano.

"È una casa così grande," disse Elizabeth, "eppure vostra madre gestisce tutto?"

"Beh, è qui da trent'anni," disse Richard, "Dai, montate e andiamo, lasciate che vi aiuti."

"Sono più che capace", disse, issandosi abilmente sul cavallo e galoppando intorno alla stalla con tutta la destrezza che Richard avesse mai visto.

"Non mi aspettavo che aveste una tale abilità", le disse, montando il suo cavallo e scappando dopo di lei, lo stalliere guardò e scosse la testa.

Elizabeth non era interessata ai convenevoli e uscì dalla stalla passando dal recinto anteriore. Il terzo duca aveva piantato il parco con gli alberi di quercia e ora nella loro maturità punteggiavano la vista come antichi pali segnaletici, intorno ai quali le pecore pascolavano per mantenere l'erba corta. I giardini formali erano sul retro della casa, ma qui nella parte anteriore lo scopo era stato quello di creare armonia con il paesaggio in modo che il parco desse l'impressione di fondersi completamente con ciò che si trovava intorno ad esso.

Elizabeth posizionò il suo cavallo e si mise presto a galoppare passando davanti alla casa, Richard fece del suo meglio per starle dietro. Nonostante tutta la sua bravura, non era un gran cavaliere e si aspettava ingenuamente che la sua lontana cugina fosse il tipo di ragazza di città con cui poteva esibirsi, anche con le sue limitate capacità. Questo non era però il caso.

"Cavalcate eccezionalmente bene," le disse, riuscendo a recuperare nel momento in cui lei girò il cavallo alle porte del parco e si mise a galoppare lungo il fiume.

"Cavalcate da tutta la tua vita?" chiese.

"Da quando ero un ragazzo, e voi?"

"Ho cominciato a imparare quando avevo dodici anni", disse, "mamma pensava che sarebbe stato un bene per me dopo la morte di mio padre. Una nuova passione, ed era la cosa più alla moda da fare, naturalmente, cavalco con il gruppo reale da allora."

Richard era troppo impressionato per commentare e così cavalcarono in silenzio, sentendosi il più inadeguato accanto alle ovvie abilità di Elizabeth in sella.

La tenuta degli Ossington confinava con il fiume Oss, da un lato c'era il terreno comune del villaggio e dall'altro il parco del Duca. La benevolenza di Lord

Ossington, una caratteristica non condivisa da suo figlio, aveva fatto sì che gli abitanti del villaggio fossero i benvenuti a passeggiare nel parco quando volessero. Inoltre egli chiudeva un occhio a coloro che avrebbe fatto uso del fiume per pescare e così le persone del posto venivano spesso a godere di entrambe le rive del fiume a loro piacimento. Questo era il caso oggi, e mentre Richard ed Elizabeth giravano una curva conosciuta come Hangman's Hanging per le sue ovvie connessioni storiche, quasi si scontrarono con un altro cavallo che trottava nella direzione opposta.

"Woah, là, Blenheim", gridò Elizabeth, mentre il suo cavallo impennò e lei si aggrappò per non cadere.

Richard rimase al suo posto e il cavaliere dell'altro cavallo fece lo stesso, tutte le parti esclamarono la loro sorpresa per la presenza dell'altro.

"Oh, Charlotte, siete solo voi," disse Richard, un po' imbronciato, "Stavo per rimproverare i contadini."

"Richard sapete che a vostro padre non importa, e inoltre sono un contadino come tutti in questo villaggio, non c'è una goccia di sangue aristocratico che scorre nelle mie vene. Un fatto di cui vado molto fiera." E sorrise ad Elizabeth.

"Lady Elizabeth Hanbury per favore faccia la conoscenza di Miss Charlotte Levitt, figlia del reverendo Mr. William Levitt rettore della parrocchia," disse

Richard, influenzando le introduzioni formali come era suo solito.

"È un piacere conoscervi," disse Elizabeth, "e che bel cavallo avete."

Il cavallo era infatti particolarmente bello, un puledro nero, con un manto lucido e una criniera ricca e spessa.

"Un piacere che è anche il mio, siete qui per la stagione?"

"Elizabeth rimarrà per un bel po' di tempo", disse Richard.

"La stagione, sì," disse Elizabeth, "Sono arrivata solo ieri e ho già visto la maggior parte di tutto ciò che offre questo posto."

"È noioso come l'acqua del fosso, vero?" disse Charlotte, "anche se avete sentito la notizia? Un battaglione di uomini del Re sarà stanziato qui nel villaggio per l'estate, quindi forse ne verrà un po' di entusiasmo, voi ed io potremmo essere destinate a divertirci insieme. Vi piace cavalcare?"

"Molto, e Blenheim è un cavallo così splendido."

"Beh, dobbiamo cavalcare insieme e dovete venire a prendere il tè in canonica, sono sicura che papà sarebbe lieto di intrattenervi."

"Venite ora," disse Richard, "non dobbiamo stare qui a parlare tutta la mattina."

"Che altro c'è da fare?" disse Elizabeth, le due donne risero della sua pomposità, "o dovremmo andare a caccia di soldati?"

Richard fece una smorfia. Detestava i soldati.

"Venite qui a fare un picnic?" Elizabeth chiese a Charlotte, le due avevano smontato i loro cavalli, lasciando Richard da solo ancora montato e con un aspetto lunatico. La loro attrazione l'una per l'altra fu istantanea e avevano rapidamente instaurato un rapporto.

"Cavalco la maggior parte dei giorni. Come avete osservato in un breve periodo di tempo qui c'è ben poco da fare e nessuna compagnia entusiasmante. Come invidio il fatto che veniate da Londra."

"Vi piacerebbe, ne sono sicura. La cameriera mi ha detto che ci sono alcune riunioni sociali, un ballo di maggio nelle sale riunioni e una fiera d'autunno."

Charlotte sorrise.

"Sono eventi di tale stupefacente ottusità che non sono stata a nessuno di essi negli ultimi tre anni. Anche se forse con la vostra compagnia potrebbero essere tollerabili. Il ballo di maggio è la prossima settimana, sono sicura che Lady Ossington organizzerà per farvi partecipare."

"E voi e Richard, non socializzate come amici?"

"Si considera di gran lunga superiore a una come me," disse Charlotte, ridendo, "se non può essere un'impertinenza posso chiedere," e qui abbassò la voce, "posso chiedere se i due di voi devono essere sposati, è per questo che siete qui presumo?"

Elizabeth fu presa alla sprovvista dalla domanda e guardò con un po' di divertimento la sua nuova amica.

"Perché, no, mia madre mi ha mandata qui per la stagione, Dio solo sa perché. Ero piuttosto felice a casa a Londra, ma lei ha insistito e così sono qui."

Charlotte le sorrise.

"Richard cerca da anni, ho visto ragazze andare e venire, ma è così pomposo e odioso. Ritiene di avere tali grazie aristocratiche, ma in realtà è solo un ragazzo di campagna che crede nella propria auto-determinazione. Oh guardate!"

Attraverso il fiume sui pascoli del villaggio un gruppo di soldati emerse dagli alberi. Stavano correndo, le loro baionette erano fisse come se si stessero preparando per la battaglia. Al suono di un comando si fermarono prima che un secondo ordine li respingesse in avanti.

"Devono essere di formazione, che meraviglia," disse Charlotte.

"Venite ora, Elizabeth, dobbiamo tornare indietro. Non avete delle faccende da sbrigare con vostro padre, Charlotte?" le chiamò Richard.

Charlotte alzò gli occhi al cielo.

"Penso che mi limiterò a guardare i soldati," disse a voce alta e poi tranquillamente ad Elizabeth: "Fareste meglio ad andare, ma ci incontriamo domani per il tè? Facciamo per le quattro," e abbassò ancora di più la voce, "venite da sola."

Elizabeth salì su Blenheim e salutò Charlotte, che portò il suo cavallo attraverso il fiume zampillante dove la curva guadava verso il villaggio e i soldati, lei seguì Richard verso Ossington House.

"Voi e Charlotte non andate d'accordo?" chiese innocentemente a Richard mentre si avvicinavano alle stalle.

"Andare d'accordo? Beh, perché dovrei voler andare d'accordo con lei? Non apparteniamo certo alla stessa classe sociale, Elizabeth."

"Ma suo padre è il rettore, certamente un uomo istruito."

"Educato a Merton, Oxford," Richard disse con sdegno, "Un college povero e con una borsa di studio, non ha mai aspirato a più delle ceramiche dei volumi dei Padri della Chiesa e a visitare i malati. Il suo greco è pessimo."

"Quindi, congedate sua figlia perché suo padre non può declinare i suoi verbi?" Elizabeth disse, soffocando un sorriso. Charlotte aveva ragione su una cosa: Richard Ossington era l'uomo più pomposo che avesse mai incontrato.

"Spero vi sia piaciuto il viaggio", le chiese mentre portavano i cavalli alle stalle, lo stalliere veniva ad incontrarli.

"Molto, è stato un piacere incontrare Charlotte, sono sicura che saremo migliori amiche finché sarò qui." Richard non rispose.

Erano giusto in tempo per il pranzo e dopo essersi rinfrescata Elizabeth scese giù nella sala da pranzo dove Lady Ossington era già seduta.

"Il Duca non si unirà a noi", disse, un po' irritata per l'assenza del marito, "mi dice che è vicino a scoprire un punto importante della lessicografia greca e non può essere disturbato. Spero vi sia piaciuto il viaggio?"

"Elizabeth è un'affermata cavallerizza", disse Richard, mentre camminava nella stanza ancora vestito con i suoi abiti da equitazione.

"Vorrei che vi cambiaste prima di venire a pranzo", disse sua madre, ancora una volta in tono esasperato.

"È stato molto piacevole", disse Elizabeth, mentre il salmone veniva servito, accompagnato da patate e verdure, "abbiamo incontrato Charlotte Levitt del villaggio. E ho visto gli uomini del Re in esercizio lungo il fiume."

"Oh, cara Charlotte, non è deliziosa?" disse Lady Ossington, facendo sorridere un po' Richard mentre versava la salsa sul suo pesce.

"L'ho trovata molto affascinante", disse Elizabeth, "prenderemo il tè insieme domani pomeriggio."

"Una splendida idea, devo dire che mi ero un po' preoccupata che vi sareste potuta annoiare qui, ma avete già fatto amicizia, non è meraviglioso Richard?"

"Sono sicuro che lo sia, madre," rispose.

Il duca non apparve a pranzo e il suo cibo fu messo sotto una copertura e portato con molto sfarzo alla biblioteca dove l'aristocratico anziano rifiutò di mangiarlo siccome era così assorto nei punti più fini della sintassi. Uscì verso le quattro per il tè e si lamentò con la moglie che non aveva mangiato durante tutto il giorno.

"Beh, avete solo voi stesso da biasimare," disse, tagliando una fetta particolarmente grande di spugna, e ponendola con una certa forza sul piatto che il Duca le aveva offerto.

Elizabeth aveva trascorso il pomeriggio a leggere nelle sue stanze, la finestra aperta per permettere alle fresche e profumate brezze che aleggiavano sul giardino di rinfrescare la stanza. Si sedette ora nel salotto con una deliziosa tazza di tè in attesa delle attenzioni della sua padrona di casa una volta che Sua Signoria fosse stato accontentato.

"A volte penso di essermi sposata per guadagnare non solo i miei figli, ma uno che non ha mai smesso di esserlo", disse, un po' esasperata, "ma ora io e voi abbiamo tempo per parlare, Elizabeth e devo dire che sono così contenta che siate qui. A volte desidero avere compagnia femminile intelligente in casa, la

conversazione con il Duca e Richard può essere così formale, mio marito è ossessionato con i suoi libri e mio figlio è ... difficile. Spero che questo accordo funzionerà.”

“Accordo?” disse Elizabeth.

“Sì, l’accordo”, disse Lady Ossington, guardando Elizabeth come se credesse di sapere esattamente di cosa stesse parlando.

“L’accordo per cosa?”

“Beh il vostro matrimonio, cara. Il vostro matrimonio con Richard?”

“Non ricordo che un tale accordo sia stato fatto, sono abbastanza sicura di aver prestato tutta la mia attenzione questa mattina e nessuna domanda è stata fatta. Inoltre, lo conosco solo da ieri”, e rise.

“Beh, la corrispondenza è andata durata mesi. Vostra madre non ve l’ha spiegato?”

“Ha trascurato di farlo,” disse pesantemente Elizabeth, rendendosi conto perché sua madre era stata così insistente che lei trascorresse la stagione a Ossington. Non solo la stagione, ma il resto della sua vita.

"Gli accordi sono tutti pronti per il primo di settembre", proseguì Lady Ossington, "si pensava che avreste passato la prossima stagione a conoscervi l'un l'altra. È un concetto moderno, ovviamente, quando io e il Duca ci siamo sposati ci siamo incontrati solo due volte, e una di queste è stata accidentale. I tempi però cambiano, e sono sicura che vostra madre aveva a cuore solo i vostri interessi quando mi ha fatto la prima richiesta."

"Sono sicura che l'abbia fatto," rispose Elizabeth, non credendo ancora a ciò che aveva sentito. Non aveva intenzione di sposare Richard, ma ora era bloccata a Ossington Hall per la stagione con la prospettiva di una caduta sociale incombente all'orizzonte. A cosa stava pensando sua madre?

Elizabeth si congedò dal tè e tornò nelle sue camere, sporgendosi dalla finestra, e prendendo una grande boccata d'aria fresca. Sotto di lei i giardinieri erano al lavoro e poteva sentire il cuculo fare il suo richiamo nel sole del tardo pomeriggio. Si sentiva irrequieta e non riusciva ad accontentarsi di nulla. Scrisse una breve nota a sua madre per informarla del suo dispiacere di essere stata accoppiata con un uomo che era ovviamente lontano da una corrispondenza adatta a lei, o addirittura a chiunque altro.

La cena di quella sera fu un evento tranquillo, anche se Richard prese l'incarico di intrattenere Elizabeth con le storie dei suoi giorni a Oxford. Era ossessionato da se stesso e si esaltava, e chiaramente era stato sfortunato in amore. La sua pomposità e il suo costante ricorso a se stesso significavano che la sua personalità era tutt'altro che attraente.

"Sono sempre stato naturalmente il migliore della mia classe", disse, mentre veniva servito il budino. Un ricco miscuglio di frutta secca e pane dolcificato poco adatto per una serata di inizio estate.

"Il mio latino è sempre stato migliore del mio greco, anche se la mia esegesi biblica è di gran lunga superiore a quella di chiunque ora si trovi tra il clero. Sapevate, madre, che ho ricevuto un voto migliore nel mio saggio sui vangeli rispetto all'attuale vescovo di Winchester?"

"Beh, è stato elevato troppo in fretta," disse il Duca, insinuando, "ha la vostra stessa età ed è già un vescovo diocesano, nessun trentenne dovrebbe avere tale responsabilità."

"Non sono d'accordo, padre, non pensate che io sia perfettamente in grado di detenere un qualsiasi grado di autorità in questo paese?"

"Una dose di umiltà si trova in ogni grande statista," osservò Lord Ossington, "fareste bene a ricordarlo, Richard. Buona notte a tutti voi."

Richard apparve un po' scosso dalle parole di suo padre, ma continuò a pontificare sui suoi successi personali, Elizabeth, e Lady Ossington sedute in silenzio forzato mentre l'erede continuava a blaterare. Elizabeth rifiutò ancora una volta il caffè offerto e si fece strada fino al letto, era stata un'altra giornata faticosa. Non a causa degli sforzi di viaggio, ma piuttosto il risultato di un esaurimento emotivo. Non tutti i giorni si scopre che ci si dovrà sposare con una persona a cui non ha alcun desiderio di attaccarsi, e come Elizabeth si mise a dormire quella notte non poté fare a meno di chiedersi come sulla terra potesse liberarsi di questa situazione, una situazione causata da sua madre che avrebbe dovuto saperlo.

******

Elizabeth passò la mattina seguente nelle sue stanze. Era annoiata dalla sua nuova situazione e non avendo alcun interesse nella lettura e non avendo ancora imparato quelle attività in cui le donne della sua disposizione spesso si impegnavano, era a corto di cose da fare.

"Non dipingo con gli acquerelli, non ricamo, non mi interessano le opere di carità, non ho la maturità per impegnarmi in esse, e non essendo questa la mia dimora non ho il diritto di organizzare incontri sociali. Se solo sapessi chi invitare," si lamentò con Lucy mentre la ragazza si affannava intorno alla camera di Elizabeth quella mattina.

"E avete già visto la casa e il terreno signora?" chiese la cameriera.

"Ho cavalcato con Richard ieri mattina, ho visto la casa, e posso vedere i giardini da qui. Questo pomeriggio sono invitata a casa di Miss. Charlotte Levitt nel villaggio."

"Oh, la mia cara mamma è la cuoca del sig. Levitt, signora. Un gentiluomo più gentile non si potrebbe trovare da queste parti, che suppongo abbia senso essere un uomo di chiesa, anche se dicono che il rettore del villaggio vicino è un tiranno."

"Lei stessa sembra condividere ciò che mi dite di suo padre," disse Elizabeth, cercando di trarre ulteriori dettagli da Lucy come meglio poteva.

"Oh sì, signora, grazie. Mia madre dice che la giovane padrona è una donna vivace e non sbagliate, una volta hanno dovuto persuaderla per farla scendere giù dalla guglia della chiesa quando era una bambina. Ha scalato fino in cima, ma sono cosa da bambini, no? Da quanto ho capito, è diventata un'affascinante giovane donna ed è una buona compagna per suo padre."

"Beh, forse la mia noia può essere salvata conoscendola e passando del tempo con lei durante la mia permanenza qui, grazie Lucy."

"Piacere mio, signora", disse la cameriera, facendo un inchino mentre usciva dalla stanza.

Elizabeth non poteva aspettare il pomeriggio ed era distratta a pranzo, a malapena ascoltava la pesante spiegazione di Richard sui benefici dell'impero. Lui aveva ordinato una carrozza per le tre e mezzo, essendo solo un breve viaggio per la canonica e quindi all'ora stabilita aspettò nel corridoio, indossando la sua cuffia migliore e i guanti, immaginando di tornare a Londra per visitare un amico.

"Siete molto carina nella vostra cuffia, cara," disse Lady Ossington, uscendo dal salotto proprio mentre il cameriere annunciava la presenza della carrozza nella parte anteriore della casa.

"È stato un regalo di compleanno da parte di un amico di Londra," disse Elizabeth, abbracciando gentilmente Lady Ossington in segno addio, "Sono più che entusiasta di fare la mia prima uscita sociale qui a Ossington."

"Troverete il rettore molto congeniale, anche se è un uomo diligente e si può ben vedere dagli affari della parrocchia. Spero che tornerete per cena?"

"Oh, in effetti, non vorrei trattenermi oltre il mio benvenuto alla canonica" disse Elizabeth, prendendo congedo da Ossington Hall.

Fuori era un pomeriggio perfetto, il cielo blu e caldo, una brezza leggera che ballava attraverso gli alberi mentre la carrozza si muoveva tranquillamente attraverso il parco. Elizabeth guardò la casa mentre attraversavano il vialetto. Era un bell'edificio e il parco rispecchiava tutto ciò che si poteva aspettare da un paesaggio inglese. Ma non poteva immaginarsi come la sua amante, né aveva alcun desiderio di essere sposata con il suo futuro padrone.

La canonica si trovava sul retro della chiesa, una grande ma non imponente casa situata nel suo terreno, traballante e un po' diroccata, ma in modo affascinante, gran parte dell'esterno coperto di caprifoglio e glicine. Di fronte c'era un grande prato di erba verde lussureggiante con aiuole di fiori che lo costeggiavano. Mentre la carrozza entrò nei cancelli della canonica, Elizabeth salutò Charlotte che stava tagliando i fiori da un grande letto di rose e sorrise all'arrivo della sua nuova amica.

"Speravo di avere questi sul tavolo del salotto pronti per voi", disse Charlotte, venendo verso la carrozza mentre il cameriere di Lord Ossington la aiutava a scendere.

"Sono adorabili," disse Elizabeth, "e che bella casa è questa."

"L'intero posto sta cadendo," disse Charlotte, "la diocesi non farà nulla al riguardo, ma è stata la mia casa dalla nascita e non vivrei da nessun'altra parte, non per tutto il tè della Cina."

Le due donne risero, e Charlotte li portò all'interno dove l'odore di cottura si sollevava dalla cucina.

"Per di qui," disse Charlotte, portando Elizabeth su una piccola rampa di scale e lungo un corridoio di da cui ulteriori porte conducevano all'esterno.

Ogni superficie concepibile era ricoperta da immagini e stampe, mobili in competizione per lo spazio l'uno con l'altro e ornamenti ingombravano le loro cime. Aveva un fascino tutto suo e Elizabeth si sentì subito a casa, sistemandosi in una comoda poltroncina mentre Charlotte portava le cose da tè.

"Abbiamo solo una cameriera e un cuoco," spiegò, "e Mr. Diggory viene a sistemare il giardino anche se sta invecchiando. Quasi quanto papà che è anziano ormai. È fuori in questo momento a visitare alcune fattorie, ma di solito appare intorno alle cinque in punto con la richiesta di una fetta di torta. Volete averne una?"

Le offrì una grande fetta del pan di Spagna più delizioso che Elizabeth avesse mai mangiato e le passò una tazza di tè appena versata in una deliziosa tazza di porcellana decorata con violette viola.

"Ora che siamo sole, ditemi, cosa pensate davvero di Ossington?"

"È un proverbiale stagno, non è vero?" sospirò Elizabeth, "dov'è l'entusiasmo"

"Suppongo di non aver mai conosciuto niente di diverso," disse Charlotte, una forchetta piena di torta in bilico sulla sua bocca, "ma nonostante la mia mancanza di conoscenza di ciò che è più lontano, anch'io posso confermare che Ossington è terribilmente ottuso, tranne che per la presenza dei soldati," E rise, "Ho visitato spesso Winchester, ma anch'esso non ha molto senso, è il collegamento con Londra, forse la sua attrazione principale."

"Dovrò visitarlo con Richard, o almeno così mi ha detto," disse Elizabeth, prendendo un sorso di tè.

"Oh, ve lo dirà," rispose Charlotte, "non ve lo chiederà, verrà semplicemente annunciato: 'Elizabeth oggi andremo a Winchester' e poi andrete," l'imitazione di Charlotte di Richard fu sorprendente e fece ridere Elizabeth nel suo tè in un modo sconveniente per una signora.

"Vorrei confidarvi qualcosa," disse Elizabeth, ricomponendosi, "Non ho nessun altro qui a cui rivolgermi per la questione e già sento che diventeremo amiche intime."

"Qualunque cosa sia?" chiese Charlotte, seduta e guardando Elizabeth, "Sarò felice di essere la vostra confidente."

"Il matrimonio tra me e Richard è stato combinato," iniziò Elizabeth, "Non ne ero a conoscenza fino a ieri pomeriggio. È tutta opera di mia madre, si è messa in testa che la mia vita a Londra è terribilmente negativa per me e che il rimedio è sposarmi con Richard. È stato tutto organizzato per corrispondenza, e dovrebbe avvenire il primo di settembre. Il mio arrivo qui non aveva nulla a che fare con la stagione. Diventerà la mia vita."

Si sentiva meglio dopo aver detto le parole che teneva nel suo cuore, e Charlotte si sedette a bocca aperta dopo la rivelazione della sua nuova amica.

"Ma non possono semplicemente organizzare un matrimonio per voi?" gridò, "e con Richard Ossington tra tutte le persone, sicuramente non può essere permesso?"

"Potrei rifiutare ma allora seguirebbe uno scandalo, senza dubbio ha detto a tutti delle sue imminenti, sono una mera pedina nel suo gioco."

"Non potete sposarlo, è odioso, ed è anche un

donnaiolo. Ve l'ho detto ieri al nostro primo incontro. Stavo solo scherzando quando avevo parlato di matrimonio, sarebbe stato oltraggioso per ogni donna anche solo contemplarlo."

Le due donne si guardarono e, nonostante la gravità della situazione, si misero a ridere.

"Dovete ammettere che è piuttosto divertente," disse Elizabeth, "tutte queste osservazioni criptiche sugli accordi e non avevo idea di cosa significassero, e poi ieri Lady Ossington è stata talmente sorpresa di scoprire che non avevo idea di cosa si trattasse."

"Sicuramente non andrete fino in fondo?" disse Charlotte.

"Non lo farò, se posso," disse Elizabeth.

"Avrete bisogno di un miracolo per uscirne, o forse potremmo farvi apparire così odiosa che vi manderà a fare le valigie."

"Allora, mi aiuterete?" disse Elizabeth.

"Vi aiuterò?" rispose Charlotte, "perché, questo è il più grande divertimento che ho avuto in anni sarò ..."

Ma il suo discorso fu interrotto dall'arrivo del reverendo Mr. Levitt, fresco dei suoi doveri parrocchiali e che era apparso nel salotto con una copia delle *Spiegazioni sui Salmi* di Agostino sotto il suo braccio. Elizabeth lo riconobbe subito dal giorno precedente, quando vide il rettore alla porta della chiesa. Era un personaggio familiare, un parroco nel senso classico inglese, parte dello sfondo di ogni villaggio inglese. Sorrise alle due giovani signore attraverso i suoi occhiali spessi mentre metteva giù il suo libro e si avvicinò al tavolo da tè.

"Sono pronto per una bella tazza di tè," disse, "non si dovrebbe parlare in questi termini dei propri parrocchiani, ma alcuni di loro sono un bel peso, un bel peso davvero."

"Fatemi indovinare chi siete andato a trovare, papà," disse Charlotte, sorridendo, "non potrebbero essere Mr. e Mrs. Hardy alla Oakwood Farm?"

"Qualunque cosa vi abbia dato questa impressione," rispose, strizzandole l'occhio, "lei si crede una vera teologa, a quanto pare il mio sermone di domenica era eretico e lei intende scrivere al riguardo al vescovo ."

"Prima o dopo aver denunciato Lord Ossington alla magistratura locale per aver dato asilo a spie francesi?"

"È sulla sua lista," disse Mr. Levitt, crogiolandosi pesantemente in una poltrona e rivolgendosi a Elizabeth, "non tutti in questa parrocchia sono pazzi come Mrs. Hardy e per fortuna. Santo cielo, quanto è stato maleducato da parte mia, siete ovviamente Lady Elizabeth Hanbury, le notizie viaggiano veloci nella nostra piccola comunità e sono lieto di fare la vostra conoscenza."

"Un piacere tutto mio", disse Elizabeth, porgendo la mano per le consuete formalità.

"E voi siete la fortunata ..." E qui il Sig. Levitt alzò gli occhi, anche se la sua disposizione clericale gli assicurò di affermare quasi immediatamente, "giovane donna che sta per sposare Richard Ossington", disse.

"Come fate a saperlo, papà?" esclamò Charlotte.

"L'ultima volta che ho controllato ero l'unica persona in questa parrocchia autorizzata sia da Dio che dallo Stato a solennizzare il santo matrimonio," rispose Mr. Levitt, "Davvero bambina, usate il cervello che il buon Dio vi ha dato, sono a conoscenza dell'accordo da almeno un mese, il matrimonio si svolgerà il primo di settembre, non è vero?”

“È così”, disse Elizabeth, sospirando.

“Percepisco una nota di inquietudine per quanto riguarda l’accordo?” chiese Mr. Levitt, guardando Elizabeth con aria interrogativa.

“Beh, li sposerete?” esclamò Charlotte.

“Per molte ragioni non vorrei né per scelta né per abilità,” rispose suo padre, “anche se non dobbiamo giudicare la scelta della giovane donna, ancora una volta usate la testa Charlotte e pensate alle vostre maniere.”

“Tutto ciò che Charlotte dice è vero,” disse Elizabeth, “Non ho alcun desiderio di sposare Richard Ossington, non sapevo dell’accordo fino a ieri pomeriggio.”

Mr. Levitt sembrò piuttosto sorpreso, era stata sotto

l’intenzione di Lady Ossington che la giovane signora di Londra stava per realizzare un lungo impegno organizzato per corrispondenza. Aveva sentito parlare di aristocratici che entravano in tali matrimoni molte volte, in precedenza, ma l’usanza per tali cose era sempre di essere reciprocamente concordato piuttosto che imposto su un partito o un altro.

“Quindi, siete in una situazione difficile giovane donna,” disse, “una situazione davvero difficile.”

"Cosa dovrebbe fare, papà?" disse Charlotte, "non può sposarlo solo per amore del dovere e passare il resto della sua vita come una miserabile amante di Ossington Hall".

"Le persone si sono sposate per molto meno, ma non è certamente un'opzione ragionevole, anche se sono sempre stato di una mente liberale su queste cose. Dovete fare quello che vi dice la vostra coscienza, chiedete al buon Dio una guida ed Egli provvederà."

Mr. Levitt sembrò abbastanza soddisfatto del suo consiglio, era lo stesso che aveva dato a quasi tutti i suoi parrocchiani che lo avevano chiesto e così augurò a Elizabeth e Charlotte un buon pomeriggio e si ritirò nel suo studio. Quando la porta fu chiusa Charlotte rilasciò un gemito.

"Potreste scappare, potremmo riportarvi a Londra, potrei venire anch'io. Muoio dalla voglia di un po' di eccitazione."

"Temo di essere destinata a rimanere qui per ora," disse Elizabeth, "ma non temete, non ho intenzione di sposare Richard Ossington."

Elizabeth tornò a Ossington Hall poco più tardi nel pomeriggio. Era felice di aver conosciuto Charlotte ed era certa che sarebbero diventate amiche.

Si separarono con la promessa di vedersi molto presto una promessa realizzata solo pochi giorni dopo, quando

chiunque fosse qualcuno, e molti che non erano nessuno,
si riunirono nelle sale di riunione per il Ballo di Maggio,
il momento clou del calendario stagionale del distretto di
Ossington. Ed è a questa vivace occasione sociale che ci
porta il nostro racconto.

Capitolo 3

"Un ballo e un incontro"

"Sembrate molto attraente, Elizabeth," disse Richard, mentre Elizabeth scendeva dalla scala centrale dorata ed usciva nel corridoio di Ossington Hall.

Era a Ossington Hall da una settimana e oltre ad incontrare Charlotte e cavalcare con Richard aveva fatto ben poco. La routine della colazione, del pranzo e della cena era stata scandita da tentativi di leggere o di passeggiare in giardino, entrambi i quali aveva trovato estremamente noiosi. Come già stato detto, Elizabeth non aveva talento per l'arte del divertirsi da sola e non trovò alcun vero piacere in nessuna delle attività in cui Lady Ossington si impegnò, principalmente ricamo e conversazione. Così, la prospettiva del Ballo di Maggio nelle sale di riunione diventò il principale tra i suoi interessi, dal momento che era stato annunciato che la famiglia sarebbe stata presente.

"La gente viene da lontano per partecipare," l'aveva informata Lady Ossington durante il tè il giorno prima, "Sono sicura che incontrerete alcune persone deliziose e verrete festeggiata da tutti, molti nel quartiere sanno che alloggiate qui con noi e saranno impazienti di incontrarvi. Mi è stato detto che anche gli ufficiali del battaglione saranno presenti."

Elizabeth era entusiasta alla prospettiva di qualcosa di nuovo per rompere la monotonia della vita a Ossington Hall. Lucy le aveva preparato uno dei suoi abiti migliori, blu pavone con una fascia di seta verde ed effettivamente corrispondeva alla sua descrizione da parte di Richard. Accanto a lui splendeva raggiante, lui appariva piuttosto cupo nella sua tenuta serale che aveva bisogno di una buona spazzolata essendo stata trascurata per qualche tempo. Lord Ossington appariva ugualmente scompigliato, ma sua moglie aveva imparato a conviverci ed era vestita con un abito verde scuro con una discreta fascia viola, che si addiceva ad una signora del suo rango.

Alle sette la carrozza uscì fuori dalla casa. Prima aveva piovuto, ma il cielo si era schiarito, e un debole arcobaleno penetrò sul parco mentre la carrozza schizzava attraverso le pozzanghere verso il villaggio. Le Sale dell'Assemblea erano una bella collezione di edifici costruiti con la sottoscrizione pubblica e la generosità del padre del Duca circa venti anni prima. La facciata neoclassica era in arenaria e le porte, dipinte di rosso, si spalancarono mentre la carrozza di Ossington entrava. Uomini e donne in vari stati di schiera stavano girando intorno al portico e dall'interno si poteva già sentire della musica.

"Siamo in ritardo?" disse Lady Ossington, aprendo lei stessa la porta della carrozza mentre il cameriere girò in fretta.

"No, non mi piace arrivare presto", disse suo marito, la sua gotta faceva i capricci e si tirò giù goffamente dalla carrozza e cadde dritto in una pozzanghera.

Richard aiutò Elizabeth a scendere e si fermò a guardare con sdegno la folla riunita che guardava con interesse la carrozza degli Ossington.

"Elizabeth," un grido venne dalla folla, "Elizabeth."

Era Charlotte Levitt, si fece strada attraverso la folla e si precipitò nel punto in cui Elizabeth si stava facendo strada attraverso le pozzanghere.

"Sono così felice che siate qui, lasciate che vi mostri l'interno."

"Penso che ce la faremo", disse Richard, prendendo con forza il braccio di Elizabeth.

"Sto abbastanza bene, grazie", disse Elizabeth, stringendo la mano di Richard e prendendo il braccio di Charlotte.

Lord e Lady Ossington entrarono e la folla li seguì in una scena di grande allegria. I musicisti si erano stabiliti ad un'estremità della sala e già diverse coppie stavano ballando, le formalità della serata non erano ancora iniziate. Charlotte mostrò ad Elizabeth alcuni posti

guardando le danze e in quel momento suo padre apparve con in mano un vassoio di coppe di punch che offrì agli Ossington ed Elizabeth.

"Allora, Mr. Levitt," disse Lord Ossington, "non vogliamo vacillare prima che la musica abbia inizio."

"Vi assicuro, Lord Ossington, che questa è solo una sciocchezza, che contiene solo un assaggio dello spirito. Dopotutto sono un ecclesiastico."

Ne seguì una risata generale, e continuarono a parlare, anche se Richard rimase distaccato e imbronciato. Detestava Charlotte e non sopportava il vecchio e noioso matusa che era suo padre e il rettore della parrocchia. Era stato Richard a scrivere al Vescovo chiedendo di rimuovere gli anziani in carica, ma Mr. Levitt era universalmente amato dai suoi parrocchiani, anche da Mrs. Hardy, durante i suoi momenti più tranquilli. Il vescovo aveva risposto per assicurare a Richard Ossington che Mr. Levitt sarebbe rimasto come rettore di Ossington per molti anni a venire.

Le danze formali erano iniziate, e Charlotte insistette che Elizabeth si unisse a lei nell'imparare lo stile country che era tipico del luogo. A Londra Elizabeth era stata abituata ai valzer e alle ultime opere di compositori continentali, qui le cose erano un po' più rustiche. Si unì con entusiasmo, perché la danza era una delle sue cose preferite. Richard insistette che lei ballasse con lui, ma la sua coordinazione era scarsa e lui finì per inciampare su

se stesso in diverse occasioni portando entrambe le ragazze a ridere ad alta voce mentre egli si ritirava in imbarazzo a lato.

La serata aveva, come aveva predetto Lady Ossington, attirato grandi folle da tutto il distretto. C'erano i contadini e le loro mogli, operai e le loro famiglie, gente del posto, e quelli dei villaggi periferici. Il dottore e sua moglie erano lì con il magistrato locale. L'unico altro gentiluomo titolato era Sir Ralph Hutchins accompagnato da sua sorella, una signora anziana con un luccichio negli occhi che insisteva che Lord Ossington ballasse con lei nonostante la sua gotta continuasse a causargli dolore. Fu una serata molto allegra per tutti gli interessati e come le candele furono accese e la danza continuò Elizabeth sentì per la prima volta come se il suo esilio forzato a Ossington potesse portare momenti di piacere in mezzo alla tristezza.

Questo pensiero fu confermato quando una commozione esterna segnalò l'arrivo di nuovi ospiti al ballo, un fatto che attirerebbe l'attenzione di tutti.

"Cosa sta succedendo là fuori," disse Lord Ossington, zoppicando dalla pista da ballo dove la sorella di Sir Ralph lo aveva appena fatto girare un po' troppo entusiasta.

"Richard andate a vedere cosa succede", disse Lady Ossington.

Suo figlio si alzò e uscì nel vestibolo delle Sale dell'Assemblea ritornando qualche istante dopo con uno sguardo esasperato sul suo volto.

"È il reggimento, gli ufficiali sono qui, il colonnello Jackson e i suoi uomini."

"Che emozione", disse Lady Ossington.

Charlotte ed Elizabeth si guardarono l'un l'altra e sorrisero mentre nella stanza entrarono gli uomini del re. Erano gentiluomini di bell'aspetto, vestiti con insegne rosse e dorate che li rendevano immediatamente riconoscibili. I musicisti si erano fermati per un momento, ma mentre gli ufficiali si servivano iniziarono di nuovo ed essi furono assorbiti dalla folla, accolti come ospiti d'onore. Quale donna non trovava la presenza di membri della guardia del re qualcosa di affascinante?

I soldati si stavano presentando in giro per la stanza e il colonnello Jackson, identificabile per la sua età e onorificenze ben presto scoprì che Lord Ossington era la persona a cui doveva farsi conoscere. Era lo stesso gentiluomo che Elizabeth aveva visto dalla carrozza al suo arrivo nel villaggio e da vicino appariva come uno che aveva un'aria di autorità intorno a lui.

"È un piacere fare la vostra conoscenza, signore," disse, scuotendo la mano dell'aristocratico, e rendendo il necessario omaggio a sua moglie, "Dobbiamo essere di stanza nel distretto per alcuni mesi, ci è sembrato prudente farci conoscere a quelli che contano, e i miei uomini apprezzano certamente occasioni come questa."

"Credo che ci troverete una palude tollerabile," disse Lord Ossington, "questo è mio figlio Richard e la sua fidanzata Lady Elizabeth Hanbury."

“È di nuovo un piacere”, disse il colonnello Jackson.

Mr. Levitt presentò egli stesso e sua figlia e con le presentazioni formali fece continuare gli affari del ballo. Non era il colonnello Jackson che aveva catturato l'attenzione di Elizabeth, ma il giovane capitano che era rimasto in silenzio accanto a lui ed era stato presentato come il capitano William Daventree, addetto al colonnello Jackson. Da vicino era ancora più attraente di quanto ricordasse, affascinante, alto e ben costruito con i capelli biondi, i suoi occhi verde scuro penetrantemente belli. Si inchinò a Elizabeth e Charlotte facendo arrossire entrambe le donne.

“Voi e i vostri ufficiali dovete venire a cena con noi a Ossington Hall,” disse Lord Ossington, “saremo lieti di ospitarvi nelle prossime settimane.”

“E saremmo lieti di accettare, signore,” disse il colonnello, “se gli uomini vi potessero essere di qualsiasi utilità, dovrete informarmi immediatamente.”

“Grazie, sembra che ce la caviamo abbastanza bene, ma non si sa mai. Sono sicuro che Mr. Levitt potrebbe farne buon uso in chiesa. Vero, William?”

“Vederli in preghiera mi basterà”, disse Mr. Levitt.

Era una festa troppo grande perché la conversazione diventasse meno formale e, mentre i convenevoli proseguivano, Elizabeth non poté fare a meno di guardare il capitano Daventree che le ricambiò lo sguardo e sorrise.

Richard insistette per ballare con Elizabeth ad ogni occasione. Egli aveva una scarsa padronanza delle danze formali e lei soffriva continuamente a causa dei suoi piedi che spesso si ritrovavano sui suoi, causando molto dolore e disagio. Dopo diversi giri di ballo si ritirò, citando l'esaurimento come motivo per non unirsi a lui in una danza particolarmente vivace. Guardò di lato mentre Charlotte veniva festeggiata da diversi ufficiali e si unì a loro nel ballo.

La stanza era animata da baldoria e allegria, tanto che Elizabeth si ritrovò ipnotizzata dall'esuberanza di questo deserto apparentemente tranquillo. Non si rendeva conto di essere osservata, il capitano Daventree sorseggiava da un bicchiere di punch e stava in piedi tranquillamente da un lato mentre osservava la giovane donna prima di lui. Il suo coraggio era quello del campo di battaglia e non della sala da ballo, ma non riusciva a distogliere lo sguardo dalla bella giovane donna davanti a lui e decidendo di presentarsi si diresse verso di lei e si schiarì la gola, scuotendola dai suoi pensieri.

"Buona sera", iniziò, "Io ... Sono lieto di fare la vostra conoscenza, William Daventree, Detesto le presentazioni formali. Se non è un'impertinenza allora forse potrei chiedervi di ballare con me?"

Elizabeth stese la mano e arrossendo fece un inchino.

"Elizabeth," disse, "e il piacere è mio, signore. È una bella serata qui nelle sale dell'Assemblea, non è vero?"

"In effetti lo è," disse, "non mi aspettavo che ci fossero tali intrattenimenti in un posto tranquillo come Ossington."

"Sarò felice di ballare", disse.

Il capitano Daventree stese il braccio e i due camminarono insieme sulla pista da ballo dove stava iniziando un valzer formale. L'ufficiale danzò con una perfezione ineguagliabile a qualsiasi altro con cui Elizabeth avesse mai ballato prima. Insieme si muovevano senza sforzo mentre la guidava attraverso le serie, i due erano presi dalla musica e dal momento.

Alla fine del valzer, lasciarono andare le mani e lui si inchinò a lei in segno di ringraziamento.

"Un ballo meraviglioso", disse, quando intorno a loro le altre coppie applaudirono.

"Grazie", disse, ritirandosi a lato della stanza mentre il capitano la seguiva.

Per tutto il tempo Richard Ossington li aveva osservati e ora si era avvicinato a Elizabeth per rimproverarla per il suo comportamento.

"Elizabeth, non sono sufficientemente bravo per voi tanto che andate a cercare uomini di rango inferiore con cui ballare?" disse, non nascondendo il suo fastidio per lo spettacolo che aveva appena visto.

"Era solo una danza," disse il capitano Daventree,

"la signora ha il diritto di ballare con chi vuole."

"Lei diventerà mia moglie," disse Richard, "e quindi queste decisioni sono mie da prendere siccome scelgo io.

Elizabeth, questa sera non ballerete più se non con me, ora allontanatevi da quest'uomo", e lui la prese con la forza per il braccio.

"Ora guardate qui," disse il capitano Daventree, Elizabeth chiaramente in difficoltà, "non è un modo per trattare una signora."

"La tratterò come mi pare", disse Richard, e portò via Elizabeth, il capitano Daventree rimase lì a guardare incredulo.

"Fare baldoria con i soldati è sconveniente per una nella vostra posizione," disse Richard, quando si trovarono a lato della stanza, "ciò è successo in precedenza in questo villaggio, l'arrivo di un battaglione di stanza provoca eccitazioni inutili. I soldati sono, per la maggior parte, immorali e inclini a causare scandalo. Ciò che vi può sembrare una danza innocente sarebbe quasi certamente stata fraintesa da lui. Penso solo alla vostra reputazione, Elizabeth."

"E anche alla vostra, senza dubbio", rispose Elizabeth.

"Sarò duca di Ossington," rispose Richard, "e non permetterò che il buon nome di questa famiglia venga infangato, avete capito?"

Elizabeth rimase in silenzio.

Il capitano Daventree era in piedi a lato della stanza con molti degli altri ufficiali. Di tanto in tanto, per tutta la sera, guardò e incontrò lo sguardo di Elizabeth, i due si scambiarono sorrisi discreti. Da quel primo avvistamento dal finestrino della carrozza Elizabeth aveva provato un fascino per il capitano focoso del battaglione e ora che i due si erano incontrati faccia a faccia quella fiamma di attrazione era solo cresciuta.

La sera si dipanò, il ballo diventò meno esuberante e la fornitura di punch si prosciugò. Dopo che l'eccitazione dell'arrivo del reggimento si spense, presto giunse il momento per il ballo di quell'anno di giungere a conclusione.

Elizabeth e Charlotte si augurarono un'altra buonanotte, la carrozza di Ossington aspettava fuori. Mentre andavano via il colonnello Jackson e il suo addetto stavano radunando gli ufficiali più giovani, alcuni dei quali si erano già comportati in modo oltraggioso con le donne del posto.

"Buonanotte, signore", disse il colonnello, "non vediamo l'ora di cenare con voi tra qualche giorno."

"Il piacere sarà nostro", disse Elizabeth, sorridendo ancora una volta al capitano Daventree.

"Venite ora, Elizabeth," disse Richard, prendendo con la mano il suo braccio, "si sta facendo abbastanza tardi e sono sicuro che siamo tutti stanchi ora."

La portò alla carrozza. ma poté sentire gli occhi del capitano su di lei e come guardò indietro catturò ancora una volta il suo sguardo, un piccolo sorriso apparse sopra il suo volto.

"Che splendida serata," disse Lady Ossington, "Credo che sia stato il ballo più divertente nelle sale dell'Assemblea da anni, non siete d'accordo?" Ma suo marito dormiva, il movimento della carrozza e la soddisfazione di aver tolto il peso dalla sua gamba furono abbastanza per vederlo russare fino a casa.

"Soldati," disse Richard con sdegno, "nient'altro che guai, le cose spariranno e ne seguirà uno scandalo."

Elizabeth alzò gli occhi al cielo e si sedette nella carrozza, il ritmo dei raggi delle ruote le faceva cadere le palpebre. Non ci volle molto per raggiungere Ossington Hall e Lady Ossington scosse il duca appena si alzarono.

"Soldati ... cosa ..." disse, "stavo dormendo?"

"Stavate solo riposando le palpebre, ne sono sicura," disse sua moglie, mentre la porta si aprì, e il cameriere la aiutò a scendere.

Il duca zoppicò dopo di lei seguito da Elizabeth e Richard.

"Spero che vi siate divertita questa sera", le disse, quando i due si trovarono goffamente nel corridoio qualche momento dopo. Nessuno realmente aveva niente da dirsi oltre le cortesie d'abitudine con cui potevano passare il tempo durante il giorno.

"È stata di gran lunga la serata più emozionante che ho avuto da quando sono arrivata qui", disse Elizabeth.

"Per fortuna succede solo una volta all'anno", disse Richard, augurandole la buonanotte e andando di sopra.

"Può essere un tale brontolone," disse sua madre ad Elizabeth, "Sono così felice che vi siate divertita, cara e con il reggimento qui ora ci saranno altri impegni sociali in questa stagione che ci faranno divertire tutti."

"Splendido compagno quel colonnello Jackson," disse il Duca, "Fate in modo che domani venga detto in cucina che lui e i suoi uomini cenino con noi la prossima settimana, vi occuperete degli inviti, vero?"

Lady Ossington sospirò e disse che avrebbe effettivamente fatto tutto come richiesto dal Duca. I due di loro si avviarono verso il letto discutendo dei punti più salienti dell'imminente pranzo.

"Ci dovranno essere sei portate", disse Lady Ossington.

"Otto è il numero normale a una cena di reggimento, non voglio fare la figura dello scemo." rispose il Duca. Le loro voci riecheggiavano dalla galleria superiore ed Elizabeth si spogliò del suo scialle e si diresse verso il piano superiore.

La casa era tranquilla e aveva un'atmosfera quasi inquietante, il chiaro di luna proiettava lunghe ombre sulla galleria mentre oltrepassava le fredde armature d'acciaio e i dipinti con i loro soggetti inamovibili che guardavano fuori per disperazione. La sua camera era però più allegra e Lucy aveva acceso le candele in modo che non fosse al buio quando arrivò nei suoi alloggi.

Elizabeth andò a letto quella notte sentendosi molto euforica, non solo aveva visto Charlotte e goduto di una piacevole serata aveva anche ballato con un signore con il quale sperava di fare ulteriore conoscenza. Era l'immagine del capitano Daventree che volava attraverso la sua mente mentre andava alla deriva nel sonno quella notte, l'ufficiale focoso che aveva ballato così perfettamente e il cui sorriso l'aveva seguita per la stanza, e che era stata troppo felice di ricambiare.

******

Una casa di campagna come Ossington Hall aveva orari e tempi molto rigidi. La colazione veniva servita ogni giorno ad un'ora stabilita, Pranzo, tè pomeridiano e cena seguivano. A questa routine doveva adattarsi qualsiasi ospite che capisse di venire in visita. Ciascuna delle grandi case d'Inghilterra corre alle proprie regole e regolamenti e guai a tutti coloro che cercano di modificare la rigidità su cui l'aristocrazia inglese ha costruito il suo impero.

Così, quando deve essere organizzata una grande occasione sociale è previsto un notevole sconvolgimento. Così avvenne nella settimana successiva a Ossington Hall quando furono presi accordi per intrattenere il reggimento alloggiato nel villaggio. La pace e la calma, o come la chiamava Elizabeth: la monotonia della casa era stata gravemente disturbata e tutti i servitori erano d'accordo che meno occasioni come questa si svolgevano, meglio era.

"Voglio la serie di posate d'oro del terzo duca, è l'unico con abbastanza coltelli da pesce per servire due portate di pesce a questo numero," disse Lady Ossington, il maggiordomo spazientito che la seguiva attraverso la grande sala da pranzo.

Sul tavolo molti dei camerieri stavano in calze e calzoni, l'unico mezzo con il quale potevano lucidare il cigno dorato e posizionare l'equipaggiamento necessario. La cena non era che tra due giorni, ma c'era ancora troppo da fare e non abbastanza tempo in cui farlo. Lord Ossington si era, come era sua abitudine, nascosto in biblioteca, il suo unico ordine per quanto riguardasse la cena era che doveva essere di otto portate e che la carne dal suo pregiato gregge di bovini avrebbe dovuto essere servita. La Duchessa aveva preso queste istruzioni come vangelo, ma anche come libertà di fare qualsiasi altra cosa le piacesse, purché rispettasse le richieste del marito.

I rifornimenti erano stati procurati da lontano come da Londra e un flusso costante di carrozze cariche dei migliori prodotti aveva cominciato ad arrivare a Ossington Hall. Elizabeth aveva guardato tutto questo con grande interesse, entusiasta alla prospettiva di una cena alla quale il capitano Daventree sarebbe stato invitato. Richard le stava ancora intorno come un cattivo odore, insistendo sul fatto che i due passassero del tempo insieme ogni giorno, un'attività che diventava sempre più noiosa ogni volta che la svolgeva.

"Vorrei che aveste un talento con cui intrattenerci", le disse il pomeriggio prima della cena, "la nostra vita insieme sarà terribilmente noiosa senza di esso. Potreste imparare il clavicembalo o il flauto, o anche sviluppare un interesse per la letteratura, Dovrei poter godere della vostra lettura."

Elizabeth lo guardò con un po' di disprezzo. Era proprio sua intenzione di apparirgli il più noiosa possibile in modo da suscitare in lui quell'esatta reazione. La malinconia fu spezzata dall'arrivo di Lady Ossington nella stanza, ancora seguita dal maggiordomo con la sua lista.

"Prima di tutto berremo qualcosa qui, per far sì che le porte della galleria del sole si aprano e che ci sia spazio per le manovre. Alle otto e mezzo chiamerete gli ospiti a cena. Mi sarò diretta surrettiziamente verso la grande sala da pranzo alcuni momenti prima in modo da essere pronta a salutare i nostri ospiti, ora ..."

"Madre, tutto questo trambusto è necessario? Sono solo soldati e li abbiamo incontrati solo pochi giorni fa. Per tutto quello che ne sa, il padre potrebbe lasciare entrare una banda di miliziani che frugherà in casa e ci lascerà appena i vestiti che stiamo indossando.”

“Oh, davvero, Richard,” disse sua madre, alzando le mani esasperata, “vostro padre conosce il Maggiore Generale Stephenson, l’ufficiale in comando, lui, il vostro Padrino e il Colonnello Jackson vengono con la sua lettera di raccomandazione. Che volete di più?”

“Io per prima sono molto impaziente del loro arrivo,” disse Elizabeth, deliziandosi nello schierarsi contro Richard, “porterà una boccata d’aria fresca in questa casa.”

“Proprio così,” disse Lady Ossington, “ora voglio fiori appena tagliati qui e qui, grandi grappoli, istruite il giardiniere ...” La sua voce echeggiò lungo il corridoio quando uscì dalla stanza con il maggiordomo.

“Non contradditemi, Elizabeth,” disse Richard, voltandole le spalle, “Non permetterò che la mia autorità in questa casa venga usurpata da voi, mi spiego?”

Elizabeth rimase in silenzio e si allontanò da lui.

“Siete incorreggibile”, disse, “Spero solo che non vi renderete ridicola domani sera, non posso credere che mia madre abbia invitato a cena anche Mr. Levitt e quella sciocca ragazza. La casa sarà riempita con persone di una classe molto disdicevole per i suoi occupanti che hanno già raggiunto la loro posizione senza la necessità di un costante miglioramento”, sputò le ultime parole.

"Sarà una bella occasione", disse, senza indignarsi, "ora, se volete scusarmi devo preparare il mio vestito per la serata", e non ascoltando la sua protesta se ne andò, contenta di essere lontana dalla sua compagnia che stava diventando ogni giorno più intollerabile.

Elizabeth sospirò mentre frugava nel suo baule e selezionò diversi abiti per la sera successiva. Per quanto fosse noioso tutto questo, non vedeva l'ora di cenare e di vedere il capitano Daventree, ma era anche abbastanza pronta a sparire a Londra senza dire una seconda parola a Richard. Le piaceva molto Lady Ossington e scoprì che il Duca era un personaggio piuttosto eccentrico, affascinante e gentile, ma non riusciva a sopportare quanto Richard percepisse di possederla.

Circa mezz'ora dopo, un gentile bussare alla porta la scosse dai suoi pensieri. Aveva steso i suoi vestiti nel piccolo camerino fuori dalla camera da letto principale e nonostante questo fosse un lavoro per una cameriera, Elizabeth si era goduta il compito, rimuovendo dalla sua mente Richard e il problema del loro accordo di matrimonio.

"Entrate", disse dolcemente, la porta si aprì, e Charlotte le si presentò davanti, sorridendo in modo ampio.

"Charlotte," gridò Elizabeth, "nessuno vi ha annunciata."

"Mi sono intrufolata, Lucy mi ha fatto entrare da una delle porte della servitù, l'ho organizzato con sua madre. Dovete venire a vedere, il reggimento sta marciando nel villaggio, è uno spettacolo."

Elizabeth era felice di vedere la sua amica e ancora più felice di sovvertire la rigidità della casa, non aveva bisogno di molto per essere persuasa ad accompagnare Charlotte nella sua spedizione. Si mise la cuffia e ridacchiando, le due signore lasciarono le sue stanze. La serie di stanze di Richard era al piano di sotto e dovevano oltrepassarne di nascosto la porta per arrivare alla scala che portava alla porta laterale da cui sarebbero fuggite. Strisciarono il più silenziosamente possibile lungo il corridoio, un'occasionale asse del pavimento scricchiolante le fece fermare e quasi scoppiare a ridere alla prospettiva di essere catturate. Mentre oltrepassavano la sua stanza poterono sentirlo russare dall'interno, i rigori di una giornata nella vita di un aristocratico chiaramente richiedevano ringiovanimento. Mentre oltrepassavano la porta Charlotte colpì Elizabeth sulla spalla e, con grande orrore di Elizabeth, alzò la mano per sbatterla contro.

"Charlotte, no", sibilò Elizabeth, sopprimendo un'altra risata, ma la sua amica non la ascoltò.

La mano di Charlotte scese forte sulla porta delle stanze di Richard e bussò più volte, le due donne strillarono dalle risate mentre si precipitarono sul corridoio e poi giù per le scale. Il rumore aveva portato Richard a svegliarsi, il suo sonno era stato tale che si svegliò in quello stato stordito e confuso di chi è incline al vizio di un pisolino pomeridiano. Elizabeth e Charlotte erano già lontane prima che arrivasse alla porta, spalancandola e guardando lungo il corridoio deserto.

Sbatté la porta e tornò nel suo studio, indignato per l'insolenza di quello che assunse essere un servo indisciplinato che faceva i dispetti.

"Non posso credere che l'abbiate fatto, Charlotte," disse Elizabeth, mentre le due donne uscivano dalla porta laterale e attraversavano il lato boschivo del parco verso il villaggio.

"Spero che abbia scioccato un po' della sua pomposità," disse Charlotte, "Lo rifarei di nuovo ogni giorno. Ora venite, dobbiamo affrettarci se vogliamo vedere il reggimento durante la loro marcia. Sembravano così belli prima."

Era un pomeriggio d'estate piacevole, una brezza delicata soffiava gli alberi che ora erano nel loro arazzo verde annuale. Molti degli abitanti del villaggio erano fuori dalle loro case quando Elizabeth e Charlotte arrivarono nel centro di Ossington. C'era il colonnello Jackson che padroneggiava le sue truppe, marciavano in questa e quella direzione entro i confini della piazza del villaggio. Le donne presero un posto vicino alla chiesa per guardare. Era uno spettacolo, le uniformi rosse e dorate che si stagliavano contro le case bianche, i moschetti degli uomini e le baionette lucidate e scintillanti al sole.

"Ci si sente abbastanza sicuri sapendo che il paese è protetto da tali uomini", osservò Charlotte, mentre le truppe marciavano avanti e indietro.

Ma Elizabeth aveva occhi solo per uno dei soldati riuniti in piazza quel pomeriggio ed è per questo che aveva accompagnato Charlotte nella sua uscita segreta. Il capitano Daventree era seduto su un cavallo bianco accanto al colonnello Jackson, nonostante il caldo indossava un lungo mantello di velluto nero e foderato di seta. Si sedette maestosamente in cima al suo destriero, esaminando la scena davanti a lui, e indicando eventuali problemi al suo ufficiale in comando.

Elizabeth sapeva che era solo questione di tempo prima che notasse lei e Charlotte vicino alla chiesa. Infatti, dopo circa dieci minuti gli occhi del bel capitano si posarono su di lei, il loro sguardo si incontrò attraverso la piazza.

"Ci ha viste", disse Elizabeth a Charlotte, "Il capitano Daventree ci ha viste."

Entrambe le donne cercarono di apparire il più disinvolte possibili, ma fu Charlotte a lanciare un urlo sconveniente quando notò il capitano parlare con il colonnello Jackson prima di smontare momentaneamente il suo cavallo e attraversare la piazza verso la chiesa.

"Sta venendo da questa parte," disse, dall'angolo della sua bocca, "fate del vostro meglio per apparire circostanziali."

Il capitano Daventree si avvicinò alle due donne e si tolse il cappello, effettuando un piccolo inchino.

"Vi piace lo spettacolo?" chiese, sorridendo ad entrambe, "è un po' uno show, ma fa bene al morale."

"Ci piacete molto," disse Charlotte, "È ... voglio dire che ci piace molto, sì vero Elizabeth."

"Molto, infatti," disse Elizabeth, diventando di una profonda tonalità di porpora.

"Beh, ho pensato di venire a salutare, domani sera dobbiamo cenare, no?" e ora si rivolse a Elizabeth.

"Sì signore, domani a Ossington Hall."

"Il Duca è proprio un mascalzone, vero? Un vecchio eccentrico ma sua moglie sembra eminentemente affascinante."

"Sono entrambi deliziosi," rispose Elizabeth, "e non vedono l'ora di intrattenervi."

"Come noi non vediamo l'ora di partecipare. Beh, devo augurarvi un buon pomeriggio e tornare ai miei doveri, sarà un piacere rivedervi domani."

Fece di nuovo il suo inchino ed entrambe le donne si inginocchiarono, guardandolo camminare indietro attraverso la piazza dove salì sul suo cavallo e gettò un altro sguardo verso di loro.

“Non posso credere che sia venuto a parlare con noi,” disse Charlotte, “è l’uomo più bello che abbia mai visto e sembrava così preso con voi, Elizabeth.”

Elizabeth fu ancora una volta imbarazzata da questa affermazione. Ma era chiaramente la verità. Mentre tornava a casa un po’ più tardi non poté fare a meno di considerare di essere stata la più fortunata quel pomeriggio.

La cena di quella sera fu un affare sottomesso, le cucine erano troppo occupate con i preparativi per la cena del giorno successivo per preoccuparsi molto del cibo previsto quella sera. Una semplice cena venne disposta nella piccola sala da pranzo e la famiglia si riunì per mangiare.

“Questo pomeriggio sono stato disturbato dal mio studio da un vagabondo che bussava alla porta della mia camera”, si lamentò Richard.

Elizabeth nascose un sorriso.

“Ecco un bussare infatti”, disse il Duca, ridendo da solo.

“Non citate Macbeth con me, padre,” disse Richard, “Non sono rimasto impressionato, se è uno dei figli dei servi a fare giochetti sciocchi, mi accerterò che si trovino senza lavoro.”

“Oh, Richard,” disse sua madre, “che confusione per niente, probabilmente l’avete immaginato.”

Richard si sedette in silenzio per il resto del pasto e la conversazione fu condotta in modo superficiale. Elizabeth fece attenzione a non rivelare la sua uscita segreta per sbaglio.

"Un bel giorno domani," disse Lord Ossington, posando il suo coltello e la sua forchetta, "non abbiamo intrattenuto su questa scala per molti anni."

"Sì, a cosa stavate pensando?" disse sua moglie, "venti ufficiali della milizia del re, Mr. Levitt e Charlotte, Sir Ralph Hutchins e sua sorella, noi quattro. Sarà un bel raduno. Spero solo di aver ricordato tutto il necessario affinché sia un successo."

"Sono sicuro che avete tutto sotto controllo", disse il Duca, alzandosi dal tavolo, un'indicazione che era tempo per tutti loro di andarsene.

"Elizabeth?" disse Richard, catturandola mentre percorreva la galleria verso le scale, "Mi aspetto che vi comportiate con il dovuto decoro domani sera. Voi e Charlotte starete sedute separate, siete troppo agitate insieme."

"Mi siederò dove mi sarà detto", disse Elizabeth, sapendo che il piano dei posti era il dominio di Lady Ossington piuttosto che quello di Richard, "Sono perfettamente in grado di agire con il dovuto apprezzamento per l'occasione. Spero solo che voi vi mostriate un ospite più congeniale di quando siate stato ospite nelle sale dell'Assemblea", e con questo se ne andò, lasciando Richard a balbettare parole in solitudine. Non era ciò che si aspettava che lei fosse.

Quando andò a dormire quella notte Elizabeth si trovò irrequieta, che incontro affascinante era stato quello con il capitano Daventree quel pomeriggio. Era così impaziente per la cena e aveva tutte le intenzioni di comportarsi senza riguardo per Richard, o le sue istruzioni per il decoro.

Capitolo 4

"Cena e Scandalo"

Elizabeth dormì fino a tardi la mattina seguente, alzandosi solo quando Lucy venne ad abbassare le tende. Non c'era nulla di urgente per cui aveva bisogno di essere sveglia e così rimase sdraiata nelle sue stanze per gran parte della mattina, perdendo la colazione ed emergendo solo quando il gong del pranzo venne suonato.

I preparativi per la serata avevano ormai raggiunto il culmine e sembrava che tutta la famiglia fosse stata impiegata nel compito di preparare Ossington Hall per i suoi illustri arrivi. I camerieri lucidavano l'ottone che non aveva brillato così splendidamente dalla sua installazione e le domestiche disponevano i fiori tagliati freschi dai giardini in grandi vasi. Elizabeth quasi si scontrò con il maggiordomo, che portava un enorme vassoio di bicchieri lungo la galleria tappezzata, e scusandosi profondamente si diresse verso la piccola sala da pranzo.

C'era Lord Ossington seduto da solo, una zuppiera di crescione bollente sulla credenza.

"Siamo solo voi ed io per il pranzo", disse, "Lady Ossington è troppo occupata con i suoi affari per fermarsi un momento e Richard è impegnato in altro modo. Sedetevi, mia cara.”

Elizabeth e Lord Ossington non avevano trascorso molto tempo da soli, lui era sempre sui suoi libri e lei sentiva che aveva molto poco da dirgli. Questa volta a pranzo, tuttavia, sembrava ansioso di parlare, e le regalò dei resoconti dei suoi viaggi attraverso l'India, dove aveva cavalcato elefanti e cacciato tigri nel bosco.

“Tutto molto splendido ma non mi trovo bene al caldo,” si lamentava, “Non posso dirvi quanto sia stato sollevato di tornare alla pioggerellina familiare e all'umido dell'inverno inglese, mi si addice proprio bene.”

Mangiarono la loro zuppa insieme in animata conversazione finché Lord Ossington si fermò e disse all'improvviso:

“Non sposate mio figlio, Elizabeth”

Elizabeth fu piuttosto presa alla sprovvista da questa osservazione, poiché aveva supposto che Lord Ossington fosse uno dei principali artefici dell'arrangiamento.

“Vostro padre non l'avrebbe approvato. Richard è troppo egocentrico e non si preoccupa di nessuno, se non di se stesso. Vostro padre ed io eravamo molto affezionati l'uno all'altro, è morto troppo giovane e sento una certa responsabilità in questa faccenda. Lady Ossington e vostra madre hanno le loro ragioni per voler organizzare l'incontro e sono sicura che siano ben intenzionate, ma il vostro posto non è qui in questo mucchio in decomposizione. Non lo sposate, Elizabeth. Vi ho vista al Ballo della Sala dell'Assemblea, che ballavate con il giovane Capitano, un uomo che è molto più adatto a voi, mio figlio a volte è un orco dispotico e non vedo nessun legame tra di voi se non uno basato sul suo dominio."

E con quello il duca depose il suo cucchiaio da minestra e le augurò un buon pomeriggio. Elizabeth sedette a tavola per un po' di tempo, davanti a lei, la sua minestra mezza mangiata. Che rivelazione straordinaria, e che lei era troppo contenta di aver ricevuto. Se Lord Ossington fosse stato contrario al suo matrimonio con Richard, allora sicuramente non avrebbe potuto andare avanti se anche lei avesse rifiutato.

Quel pomeriggio camminò nel giardino, il profumo di rose e lavanda che permeava l'aria. Ossington Hall aveva una qualità senza tempo, poteva immaginare i membri passati della famiglia che percorrevano questi stessi sentieri attraverso le aiuole. Si fermò presso la fontana ornamentale con le sue statue di cherubini e la padella danzante nel mezzo, il cui flauto era il germoglio da cui l'acqua sgorgava, schizzando, e scintillante nella profonda piscina sottostante. Che cosa le avrebbe riservato il futuro? Sarebbe tornata a Londra, lasciando Richard deluso? La sua determinazione a non sposarlo era molto più forte di qualsiasi emozione avesse mai provato prima. Non era mai stata innamorata, ma ora sapeva cosa voleva, e non era Richard Ossington.

"Colonnello Jackson, il Reggimento Reale del Re", annunciò il cameriere quella sera.

Lord e Lady Ossington si trovavano nel corridoio della casa in attesa di salutare i loro ospiti. Diverse carrozze erano arrivate dal villaggio portando gli ufficiali del reggimento e il loro comandante fu il primo ad entrare in casa. Elizabeth e Richard stavano uno accanto all'altra, pronti ad accogliere formalmente i loro ospiti a Ossington Hall.

"Un piacere, signore, un piacere," disse il colonnello Jackson, scuotendo calorosamente la mano del duca, "a nome dei miei ufficiali posso ringraziarvi per la vostra cortese ospitalità qui questa sera."

"Il piacere è tutto mio ... nostro," disse il Duca, sentendo sua moglie irrigidita al suo fianco, "cominciamo con le bevande nella lunga galleria."

Dopo l'arrivo del colonnello Jackson, il capitano Daventree apparve ancora più bello del giorno prima nella piazza del villaggio. Egli era vestito con l'uniforme del reggimento, come tutti gli ufficiali, e sul suo bavero erano appuntate un numero impressionante di medaglie che indicavano un record di servizio distinto. Salutò il duca e la duchessa prima di andare da Elizabeth.

"È un piacere rivedervi, Lady Hanbury," disse, prendendo la sua mano, e portandola alle sue labbra, in piena vista di Richard che era in piedi immediatamente accanto a lei, "e posso dire quanto siete distinta questa sera."

Elizabeth indossava uno squisito abito di raso viola con una fascia d'oro e una tiara che era appartenuta a sua nonna e che brillava nel sole estivo che versava attraverso le finestre superiori della sala. Indossava anche una collana di diamante, l'effetto di entrambi i gioielli era quello di incorniciarla in un ovale di bellezza tale che nessun uomo avrebbe potuto non apprezzare.

Lei arrossì.

"Rimarrete di stanza qui a lungo?" rispose Richard.

"Certamente per la stagione, il colonnello Jackson sarà al comando in questa zona per qualche tempo e così rimarremo felicemente alloggiati qui. Volete già liberarvi di noi signore?" rispose il capitano Daventree, una domanda alla quale Richard non si degnò di rispondere.

Charlotte e Mr. Levitt erano arrivati, il sacerdote vestito con un cappotto piuttosto bizzarro che era presumibilmente il meglio che aveva e puzzava di palline di falena. Lui e il Duca parlavano animatamente della resa della prima riga del Vangelo di San Giovanni dal greco all'inglese e Lady Ossington accompagnò gli ospiti nella lunga galleria dove i camerieri procedevano a servire da bere.

Era una riunione allegra e piuttosto rumorosa, come ci si aspetta quando i militari si riuniscono. Charlotte ed Elizabeth erano sul lato della galleria a guardare il ricevimento mentre Lord e Lady Ossington facevano il giro dei loro ospiti. Era una serata afosa e la galleria divenne presto calda. Come aveva indicato al maggiordomo, Lady Ossington si estrasse un po' prima che il gong fosse suonato e mentre la festa si dirigeva verso la grande sala da pranzo, Richard prese il braccio di Elizabeth.

"Ricordate ciò che ho detto", sibilò.

La vista della lunga sala da pranzo fece esclamare di gioia ognuno degli ospiti. Il tavolo era stato preparato per le otto portate richieste e le posate brillavano alla luce della candela. Al suo centro il cigno dorato splendeva, grazie ad una giornata di lucidatura da parte del giovane John Brown il ragazzo della cucina, e la lunghezza e l'ampiezza del tavolo erano coperte da tutto il corredo d'argenteria che Ossington Hall possedeva. I camerieri, nella loro livrea, stavano ai due lati del tavolo, e mentre gli ospiti si avvicinavano scoprirono che un piano di posti a sedere era già stato ideato. Richard sembrava molto turbato da ciò ma Elizabeth, per caso o per disegno, non lo scoprì mai, si trovò seduta, non accanto a Richard, ma immediatamente a destra del capitano Daventree con Charlotte a sinistra e un altro bel giovane ufficiale accanto a lei. Richard fu posto accanto a suo padre e di fronte al colonnello Jackson e come si rese conto di ciò che era accaduto i suoi lineamenti facciali fecero delle smorfie.

"Quale felice colpa è questa", disse il capitano Daventree, assistendo Elizabeth con la sua sedia, e sistemandosi accanto a lei.

"Un vero peccato", disse, Charlotte, incapace di contenere la sua eccitazione.

"Devo dire che questa è una casa squisita, non è vero? Vengo da un ambiente umilissimo e non sono abituato a posti così grandiosi, anche se negli ultimi anni mi sono abituato di più a loro."

"Il vostro lavoro per il colonnello Jackson vi porta a molte cene ed eventi sociali?" chiese Elizabeth, i tovaglioli vennero deposti dai camerieri che avevano cominciato a portare la prima portata della cena.

"Sì, ho anche cenato a corte, i miei alloggi sono a Londra, vedete, è lì che il nostro reggimento si basa, ma veniamo a fare esercizi come questi durante l'anno. Voi conoscete Londra?"

"È la mia casa," disse, "fino a poche settimane fa avevo appena messo piede fuori da essa."

“Ma pensavo che foste fidanzata con Richard Ossington, non avete passato molte estati qui. Credevo che questa fosse casa vostra.”

“Non ha alcuna intenzione di sposarlo”, disse Charlotte, appoggiandosi su Elizabeth in un modo molto poco femminile.

“Charlotte”, disse Elizabeth, imbarazzata dalla natura sfacciata della sua amica.

“Beh, è vero,” disse Charlotte, “lo sposereste?”

Il capitano Daventree arrossì ma fu abbastanza discreto da cambiare la conversazione e in quel momento la prima portata fu posta davanti a loro, un’insalata di sgombri e barbabietole che sembrava più elegante sul suo piatto dorato.

“Che meraviglia”, disse il capitano Daventree.

Il pasto continuò ad essere un’occasione molto piacevole per tutti gli interessati, Elizabeth e il capitano Daventree parlavano come se si conoscessero da una vita. Le raccontò le storie del suo periodo in Africa e dei suoi viaggi attraverso l’Europa da ragazzo. Era scappato in tenera età e si trovò a bordo di una nave diretta in Italia, aveva trascorso del tempo a Roma prima di tornare e prendere posto nella milizia raggiungendo il suo attuale rango grazie a pura grinta e determinazione e fu il primo nel reggimento a raggiungere una commissione senza portare gli ornamenti di classe o di istruzione. Ma i suoi modi non ricordavano ad Elizabeth le classi inferiori, era affascinante e divertente, intelligente e spiritoso, interessato e perspicace. Quando parlò le diede la sua piena attenzione e ascoltò le sue risposte riflessivo prima di rispondere. Era tutto ciò che lei aveva sempre desiderato, l'uomo di cui si sarebbe innamorata e, mentre la serata si avvicinava, si rese conto che aveva fatto proprio questo.

******

Otto portate da gestire comodamente sono tante per qualsiasi persona e nonostante la longevità della cena, essendo ormai passata l'ora di mezzanotte, l'arrivo del porto spinse il colonnello Jackson a dichiarare che anche lui aveva in qualche modo oltrepassato il suo meglio.

"È stata una splendida serata, Lord Ossington," dichiarò, "Non sperimentavo una tale ospitalità da molti anni. La vostra graziosa moglie dovrebbe essere elogiata per le sue abilità come padrona di casa."

"È stato un piacere ospitare i vostri ufficiali, colonnello Jackson", disse Lady Ossington, mentre la compagnia si alzava.

Sembrava che fosse stata per tutti una serata piacevole, tranne per l'erede che aveva detto due parole in tutta la notte. Ora gettava sguardi minacciosi attraverso il tavolo mentre Elizabeth e il capitano Daventree mantenevano il loro flirt, l'ufficiale rendeva chiaro di essere innamorato della giovane signora.

"C'è sempre così tanto che abbiamo in comune," le disse, "Sono felice che saremo nelle immediate vicinanze per un po' di tempo questa stagione, non vi precipiterete di nuovo a Londra, vero?"

"Era stata mia intenzione fuggire il più velocemente possibile," confidò, "ma ora sembra che abbia motivo di rimanere."

"Splendido," disse, "assolutamente splendido."

Le ultime grazie e brindisi furono fatti e la società

lasciò la grande sala da pranzo, lasciando i servi a una notte di pulizie della proporzione di un mammut. Nel corridoio Lord e Lady Ossington salutarono i loro ospiti, il colonnello Jackson ancora una volta si congratulò con il Duca per la splendida serata che avevano trascorso.

"Buonanotte", disse il capitano Daventree ad Elizabeth, "e spero che ci rivedremo presto."

"Non sono sicuro che sarà possibile" disse Richard, ponendosi tra l'ufficiale e Elizabeth, "andate ora, è tardi, ed Elizabeth si deve ritirare a letto."

Le prese il braccio e stava per rimuoverla con la forza quando il capitano Daventree si intromise.

"Andiamo, non è questo il modo di trattare una signora, dov'è il vostro onore da uomo?"

"L'ha perso molto tempo fa," disse Charlotte, che aveva avuto un po' troppo dell'ospitalità del Duca a cena e ora era appoggiata ad una leggera angolazione sul braccio di suo padre mentre il chierico augurava al Duca buonanotte.

"Non roviniamo una bella serata," disse Mr. Levitt, "buonanotte."

La situazione divenne imbarazzante e Richard fuggì infuriato dal corridoio, Elizabeth se ne andò in mezzo ai due uomini.

"Rastrello spaventoso", disse il capitano Daventree mentre il colonnello Jackson chiedeva al suo addetto di accompagnarlo.

Ringraziò il Duca e la Duchessa per la loro cortese ospitalità e poi girandosi ancora una volta sorrise a Elizabeth e se ne andò di casa.

"Un notevole successo credo", disse Lord Ossington, dando pacche a sua moglie sulla mano mentre i due vedevano l'ultimo dei loro ospiti andare via.

"Una serata di grande successo e può non accadere di nuovo per molti anni, sono esausta dopo tutti i preparativi," disse sua moglie, "è il momento di ritirarsi, non pensate così, Elizabeth?"

"Sì, davvero", disse Elizabeth, e le due donne legarono le braccia e si fecero strada al piano di sopra.

"Mi dispiace per Richard," disse Lady Ossington mentre si preparavano a lasciarsi l'un l'altra per le rispettive stanze, "forse questo accordo non è destinato ad essere. Fin dal vostro arrivo sembra essere diventato più prepotente e dispotico."

"Sono sicura che le cose miglioreranno," disse Elizabeth, e augurando alla padrona di casa la buonanotte si diresse verso le sue camere. Fiduciosa nella consapevolezza che l'unico miglioramento sarebbe stato la rottura del fidanzamento e l'ulteriore conoscenza con il capitano Daventree.

******

La famiglia si alzò tardi la mattina successiva, le torrette della colazione fumante erano rimaste intatte, anche da parte del Duca che sosteneva sempre che la colazione fosse il pasto più importante della giornata.

Era poco dopo mezzogiorno quando Elizabeth si svegliò, il sole che scorreva attraverso un buco nelle tende e ora gettava la sua luce sul letto. Si rotolò e si strofinò gli occhi, sedendosi e sentendosi un po' stordita sia dalla quantità di sonno che dalla quantità di cibo che aveva consumato la notte prima. Lucy apparve qualche istante dopo e vedendo che la signora si era svegliata si occupò di stendere i suoi vestiti per la giornata.

"È stata una serata splendida, signora," disse la cameriera mentre Elizabeth spruzzava il viso nella ciotola e applicava acqua di rose sul collo. L'odore la fece rinvenire dal suo stato sonnolento.

"Non mi divertivo così tanto da mesi," disse Elizabeth, "era paragonabile favorevolmente anche alle feste più sontuose di Londra."

"Le ragazze in cucina non parlano d'altro, alcune di loro hanno dato un'occhiata di nascosto agli ufficiali e dicono che erano alcuni degli uomini più belli che avessero mai visto."

"Beh, questo è certamente vero", disse Elizabeth, sorridendo a se stessa mentre cominciava a vestirsi. "Ci vorranno alcuni giorni per riprendersi dall'esuberanza, ho intenzione di fare il meno possibile oggi."

"Mi chiedo se la milizia sarà invitata al ballo estivo di Mr. Hodgson? Tiene sempre un ballo nel suo fienile più

grande per celebrare la stagione. Non è un'occasione formale e di solito solo gli abitanti del villaggio partecipano. Non ho mai visto nessuno qui della grande casa partecipare, certamente ravviverebbe le cose se anche alcuni soldati fossero presenti."

"Suona come meravigliosamente divertente," disse Elizabeth, "Ci andrete, Lucy?"

"Sì, signora, se posso scappare da qui per una sera."

"Ci assicureremo che lo facciate," disse Elizabeth, sorridendo alla cameriera mentre finiva di applicare la sua fascia.

Al piano inferiore la casa era quasi tornata alla normalità, grazie agli sforzi dei servitori che avevano lavorato tutta la notte. L'unico ricordo dei festeggiamenti erano le spettacolari composizioni floreali che erano state rinfrescate e messe nel salone per il godimento di Lady Ossington. Era seduta a bere tè quando Elizabeth apparve, ora elegantemente vestita con un vestito bianco e uno scialle.

"Siete la prima ad emergere, il Duca è ancora nelle sue stanze e non ho ancora avuto alcun segno di Richard."

Elizabeth era contenta di questa notizia e prese la tazza di tè che lady Ossington le offrì. Le due donne sedute insieme a discutere gli eventi della serata.

"Sono un bel gruppo di ufficiali," osservò Lady Ossington, "e il colonnello Jackson sembra mantenere l'ordine."

Elizabeth confermò, ma la sua mente si soffermava costantemente sull'unico ufficiale a cui aveva prestato attenzione. Alla fine fece le sue scuse e uscì a camminare nel parco, l'aria fresca le schiarì la testa. Era un'altra bella giornata e si crogiolò nell'aria pulita e nella freschezza dell'ambiente circostante.

Era mentre stava giungendo ai cancelli del parco che lo vide, appoggiata contro un albero a una certa distanza al di fuori. L'inconfondibile figura del capitano Daventree. Casualmente riposava al sole. Ignaro della sua presenza lo osservò per qualche minuto. La sua struttura atletica e accattivante presentava un fascino che non aveva mai provato prima nei confronti di un uomo.

Non volendo essere catturata a fissarlo fece un leggero colpo di tosse e lui si girò verso di lei, il suo volto con un sorriso come la riconobbe dal cancello.

"Salve," le disse, "Stavo prendendo il sole, è un pomeriggio piuttosto glorioso."

"Ho deciso di fare una passeggiata per schiarirmi un po' la testa", disse Elizabeth, avvicinandosi al capitano Daventree che si alzò proprio dalla sua posizione e si inchinò a lei, "non c'è bisogno di tali formalità", disse.

"Ma io sono solo un umile capitano della milizia," rispose, "che cosa vede in me una signora fidanzata con l'erede di questa bella tenuta?"

"Molto più di quello che vede nel suo promesso sposo", Elizabeth rispose al capitano Daventree, "e penso che Charlotte abbia risposto alla domanda riguardo il mio fidanzamento ieri sera, non è vero?"

Il capitano Daventree sorrise e le offrì il braccio, indicando il percorso lungo la riva del fiume. Per una donna del rango di Elizabeth, fidanzata con l'erede di una tenuta, camminare indisturbata con un ufficiale della milizia era uno scandalo che, se fosse stato scoperto, avrebbe provocato pettegolezzi e dicerie da Ossington a Winchester. I due passarono una piacevole ora a camminare sulle rive dello zampillante fiume Oss e a parlare come se si conoscessero l'un l'altra da anni.

Ebbero la fortuna di non incontrare nessuno e mentre si separavano, i loro occhi si incontrarono e si scambiarono gli abbracci più cari. Elizabeth guardando indietro a dove il capitano Daventree stava guardando ritornò sul sentiero per Ossington Hall. Era stato un incontro inaspettato e assolutamente piacevole. La mano del destino era stata sicuramente su Elizabeth quel giorno.

Capitolo 5

"Volete ballare?"

Se il ballo della Sala dell'Assemblea era stato il momento clou del calendario sociale di Ossington, allora il ballo annuale di Mr. Hodgson fu sulla bocca di ogni cameriera, bracciante e maniscalco del distretto. Tenuto nel suo più grande fienile attirava gente da tutta la zona per una notte di vertiginosi balli, allegria e cibo. Per non parlare di una buona dose di sidro locale.

Elizabeth era residente a Ossington Hall da dieci settimane e aveva stretto un'amicizia conviviale con Lucy, la sua cameriera. La giovane ragazza era felice di informare la sua padrona che gli arrangiamenti per il ballo erano già in corso. Avrebbe dovuto svolgersi il sabato sera dell'ultimo fine settimana di luglio e molti dei servitori di Ossington Hall sarebbero stati presenti.

"Ci affrettiamo nelle nostre faccende quel giorno e poi corriamo a casa per prepararci, ogni persona porta un piatto di cibo o qualche vitto e tutti passano un tempo allegro. So che anche i soldati sono stati invitati."

Elizabeth si pungeva sempre le orecchie quando

parlava degli uomini del Re. Dal suo primo incontro con il capitano Daventree al ballo della Sala dell'Assemblea, la loro relazione si era trasformata in una specie di storia d'amore clandestina. Piccole note sarebbero arrivate per lei a Ossington Hall e lei avrebbe fatto le sue scuse per incontrarlo presso l'albero vicino al fiume dove avrebbero camminato a braccetto scambiandosi piaceri. Elizabeth non aveva dubbi sul fatto che lei fosse innamorata di lui e lui di lei. Ma il problema del suo matrimonio combinato con Richard era ancora in sospeso.

Nonostante i suoi sforzi per dissuaderlo dall'accordo continuò a dominarla, insistendo sul loro trascorrere del tempo insieme ogni giorno. La metteva all'angolo dopo la colazione e la costringeva a camminare con lui in giardino o a organizzare un pranzo per due, i due seduti goffamente insieme nella grande sala da pranzo, Richard portando avanti qualsiasi argomento lo interessasse quel giorno. In breve, Elizabeth era arrivata a disprezzarlo, e cercò ogni opportunità per sfuggire alla sua compagnia. Una serata al ballo del contadino Hodgson avrebbe potuto essere l'occasione giusta per farlo.

"Anche la signorina Levitt partecipa normalmente," aveva continuato Lucy, "quindi forse vedremo anche voi signora?"

"Beh, dovrei esserne felice", disse Elizabeth, "potreste mandare questo biglietto a Charlotte, Lucy?"

Elizabeth si recò alla sua scrivania e scarabocchiò

una breve nota a Charlotte dicendo che le sarebbe piaciuto molto partecipare al ballo e chiedendole di fare indagini discrete riguardo la presenza degli ufficiali. Lo passò a Lucy che le fece l'inchino e andò a inviare il biglietto con lo stalliere che spesso faceva commissioni avanti e indietro al villaggio.

Elizabeth si sentiva piuttosto soddisfatta di se stessa. Nonostante il suo iniziale scetticismo, la vita a Ossington Hall si era trasformata in qualcosa di più eccitante di quanto avesse previsto.

******

Carissima Lizzie,

Tutto è organizzato per domani, sarò in attesa al cancello Green Way alle sei, saprete l'ora ascoltando il suono della campana per Evensong. Incontriamoci lì e andiamo insieme dal contadino Hodgson.

Ho appurato che gli ufficiali, anche se non il colonnello Jackson, saranno presenti al ballo, tra cui il capitano Daventree che è impaziente per la vostra compagnia.

Il vestito dovrà essere semplice, in modo da mescolarsi con la gente del villaggio. Sarà un'occasione molto allegra, ne sono sicura.

Sempre vostra,

Charlotte.

Elizabeth lesse la nota diverse volte. Era stata consegnata da Lucy con la sua acqua calda mattutina ed Elizabeth non riusciva a contenere il suo entusiasmo.

"Spero che abbia ricevuto buone notizie, signora," disse la cameriera, versando l'acqua calda nel lavabo.

"Saremo entrambi presenti al ballo di Hodgson, Lucy," disse Elizabeth, abbracciando la cameriera, con sua grande sorpresa.

"Beh, sono davvero felice, signora, veramente felice di sentirlo, è sempre un'occasione così bella. Mia madre sta facendo una porzione del suo famoso pan di zenzero e ho preparato delle focaccine per l'occasione. Dovreste vedere le tavole imbandite con gli alimenti, troppo lontane anche dagli appetiti abbondanti degli agricoltori."

"Non vedo immensamente l'ora," disse Elizabeth, vestendosi per la colazione.

Di sotto il resto della famiglia si era già riunito. Richard fece un commento sul ritardo di Elizabeth che lei ignorò, prendendo con le uova dalla credenza.

"E naturalmente, domani ci sarà solo una cena leggera siccome la maggior parte dei servi andrà al ballo di Hodgson," disse Lady Ossington, dopo aver salutato Elizabeth e tornando a conversare con il marito.

"È uno scandalo se me lo chiedete," disse Richard, "perché dovremmo permettere agli standard in casa di scivolare solo perché i servi desiderano andare a un ballo?”

“È solo una volta all’anno,” disse suo padre, “Ci andrei io stesso, ma non vogliono i loro proprietari e datori di lavoro lì. È un’opportunità per la gente del posto di divertirsi, e perché no?”

“Incoraggia l’empietà, pensavo che Mr. Levitt avrebbe predicato contro di essa la domenica.”

“Egli frequenta,” disse Lady Ossington, ridendo della pomposità di suo figlio, “Non avevo capito che ora foste il guardiano morale della parrocchia, Richard.”

“Beh, è nella mia eredità, no? Si dovrebbe dare l’esempio, non saremo presenti,” e fece uno sguardo laterale a Elizabeth che si allontanò da lui.

Aveva tutte le intenzioni di partecipare, ma apparve disinteressata mentre Lady Ossington discuteva i punti più raffinati riguardanti gli arrangiamenti per il ballo.

“Pulisce tutto il fieno dal suo fienile più grande e poi preparano i tavoli, è il vecchio Jack Edwards che fornisce l’accompagnamento musicale, lui e il coro della chiesa su qualsiasi strumento possano radunare. Sembra tutto molto allegro.”

Richard sbuffò.

“Non riesco a pensare a niente di peggio.”

"Che fortuna che allora non vi invitino", disse il padre, alzandosi dal tavolo e scusandosi per andare in biblioteca.

Richard ed Elizabeth passarono la mattina in compagnia forzata l'uno dell'altro, insistendo che lei lo accompagnasse nei suoi giri della tenuta a cavallo. Era una giornata molto calda ed Elizabeth, essendo una donna delicata, la vide come la scusa perfetta per gettare le basi per l'inganno della sera seguente. Mentre cavalcavano fuori al sole cominciò a lamentarsi di un terribile mal di testa, causato dall'intensità dei raggi del sole e la sua dimenticanza di non aver portato un ombrello. Richard era tipicamente antipatico e quindi quando tornarono a casa Elizabeth poté facilmente fingere sintomi sempre peggiori, e ritirarsi a letto.

Lady Ossington rimproverò Richard per il suo trattamento e insistette affinché non venisse disturbata per il resto della giornata. La sua cena le fu inviata e Lucy fu istruita a fornire rapporti regolari sulla sua signora così come una fornitura infinita di impacchi freddi per la sua fronte. La reazione fu esattamente come Elizabeth aveva sperato.

Secondo i suoi disegni il suo mal di testa peggiorò durante la notte e la mattina seguente, il giorno del ballo, ordinò a Lucy di annunciare a Lady Ossington che non sarebbe stata disponibile durante il giorno.

"Elizabeth ha deciso di riposarsi di nuovo oggi," disse Lady Ossington a suo marito e suo figlio a pranzo, "non vuole essere disturbata da nessuno, è chiaro?"

Il duca commentò che non aveva intenzione di disturbare. Ma Richard apparve piuttosto imbronciato avendo intimato che voleva guidare Elizabeth verso vari luoghi di interesse locale quel pomeriggio.

"Cavalcare in quella terribile trappola ha causato la sua condizione," disse Lady Ossington, "lasciatela stare oggi e sono sicura che sarà pronta a qualsiasi piano abbiate escogitato dopo la messa di domani."

Così, Elizabeth non fu disturbata per tutto il giorno e quando la sera si avvicinava indossò il suo vestito bianco più chiaro e la cuffia in preparazione alla partenza per il ballo di Hodgson. Aveva ordinato a Lucy di non disturbarla più e alle cinque e mezzo aprì tranquillamente la porta della sua camera e guardò fuori nel corridoio.

Non c'era traccia di nessuno in giro e scese le scale verso il corridoio che portava alla porta laterale della casa. Riusciva a sentire i domestici parlare nelle cucine, senza dubbio anch'essi si stavano preparando per il ballo. Non importava se l'avessero riconosciuta lì, ma non voleva essere colta in flagrante. La strada per la porta laterale era deserta e facendo i salti di gioia Elizabeth uscì da Ossington Hall e nel parco, percorse la strada in fretta lungo la linea degli alberi, come aveva fatto così spesso di recente nei suoi incontri segreti con il capitano Daventree. Era una bella serata d'estate, perfetta per un raduno locale e quando arrivò al luogo d'incontro designato c'era Charlotte, anche lei vestita in modo semplice, che portava un cesto sotto un braccio.

"Allora siete riuscita a scappare?" disse, abbracciando la sua amica.

"Non è stato un problema," Elizabeth rispose, "Ho finto un mal di testa ieri e nessuno mi ha disturbata nelle mie stanze tutto il giorno."

Le due donne risero e a braccetto si fecero strada lungo la corsia verso il villaggio. Svoltarono a destra sulla pista della fattoria che portava tra rigogliose alte siepi alla fattoria di Hodgson. Non erano sole nel loro viaggio e sembrava che metà del villaggio partecipasse ai festeggiamenti della serata. Mentre si avvicinavano alla fattoria potevano vedere le piccole lanterne appese tra i fienili e un variopinto assortimento di persone già riunito. Grazie alla bella serata i tavoli a cavalletto erano stati portati nel cortile e ora strabordavano di cibo. C'erano interi prosciutti bolliti e pagnotte appena sfornate, cumuli di panini alla frutta e mucchi di dolci rotondi zuccherati, dolci dall'aspetto delizioso e fette spesse di terrina di campagna. Una vera e propria festa a cui Charlotte aggiunse il contenuto del suo cestino: una torta cotta con frutta estiva e condita con panna.

Intorno a loro c'erano molte facce familiari, tra cui Mr. Levitt che era arrivato prima per benedire la fattoria, un atto di carità che eseguiva ogni anno in riconoscimento della gentilezza di Mr. Hodgson nell'agire come padrone di casa. Mentre Elizabeth si girava per guardare dall'altra parte del cortile, scorse Lucy e sua madre, in piedi con diversi servitori di Ossington Hall. La cameriera le fece un cenno di saluto e le sorrise, accorrendo a salutare la signora la cui vita quotidiana era così diversa dalla sua, ma che ora doveva divertirsi tanto quanto lei al ballo.

"Sono così felice che ce l'abbiate fatta signora, pensavo che il vostro mal di testa non l'avrebbe permesso."

"Era solo uno stratagemma, Lucy," disse Elizabeth, abbracciando la cameriera che sembrava molto carina nel suo miglior vestito di cotone rosso, fatto per lei da sua madre, "Non mi sarebbe mai stato permesso di partecipare altrimenti così ho inventato una malattia e sono sgattaiolata fuori."

"Siete diversa da ogni altra signora che abbia mai conosciuto," disse Lucy, ridacchiando tra sé, "beh, il vostro segreto è stato svelato, ma sarà al sicuro con noi, ve lo prometto, godetevi la serata signora." Se ne andò ridendo da sola di fronte all'audacia dell'inganno della donna, e la musica iniziò.

Il ballo da Mr. Hodgson era molto diverso da quello delle Assemblee. Il signore in questione non gradiva alcuna formalità di sorta e aveva insistito che la serata fosse aperta a tutti coloro che avrebbero voluto venire.

Negli ultimi anni della sua vita presiedeva l'evento da una sedia posta su un palco nel fienile, sua moglie e la sua famiglia svolgevano gran parte del lavoro e mantenevano rifornito di cibo e il sidro, mentre egli applaudiva alla musica.

Quest'anno aveva mandato a dire al villaggio che

ogni soldato che avesse voluto partecipare sarebbe stato il benvenuto e fu circa un'ora dopo l'arrivo di Elizabeth e Charlotte che un distaccamento di soldati entrò nel cortile e si diresse verso la festa. Elizabeth non era stata l'unica ragazza del posto ad attirare l'attenzione dei bei giovani che componevano la milizia del re in quel luogo e ben presto vecchie conoscenze furono rinnovate e nuove fatte mentre gli uomini invitavano le ragazze locali a ballare. Elizabeth guardò mentre Lucy, innamorata di un giovane soldato con uno straccio di capelli neri e un viso gentile, danzava. I due giravano insieme in una danza che sembrava non avere alcuna formalità, ma era apprezzata da tutti coloro che partecipavano.

"Eccolo", disse Charlotte verso le nove.

Il capitano Daventree e un paio di luogotenenti erano arrivati, e il signore si guardava intorno per cercare l'oggetto della sua spedizione. Charlotte ed Elizabeth avevano appena finito la loro cena ed erano in piedi presso uno dei tavoli a cavalletto che sembrava ancora contenere tanto cibo come quando il ricevimento era iniziato. Si diceva sempre che portavi a casa più di quanto portavi al ballo annuale alla fattoria di Hodgson, e questo era vero sia in termini di sazietà che di longevità di buon sentimento che la serata generava.

"È così bello vedervi", disse il capitano Daventree, mentre veniva a salutare Elizabeth. Mise la mano sulla sua vita per un momento più lungo di quanto fosse accettabile nella società educata, e fece alzare le sopracciglia a Mr. Levitt mentre guardava da lontano.

"Speravo così tanto che foste qui, forse vi piacerebbe ballare o siete troppo piena per gli sforzi della cena?"

"Balliamo", rispose Charlotte per entrambe, "forse uno dei vostri luogotenenti potrebbe essere convinto a danzare con me".

"Sono sicuro che lo faranno", disse il capitano Daventree, sorridendo, e offrendo il suo braccio ad Elizabeth che gentilmente lo accettò.

Nel fienile il fieno era stato tutto rimosso ed era uno spettacolo vedere così tante persone danzare intorno in modo esuberante. Non c'erano pezzi fissi qui, la gente del villaggio ballava la propria danza ed era indifferente chi ballava con chi. Elizabeth e il capitano Daventree si unirono e si girarono l'un l'altra. La musica era una giga e il ritmo si prestava a un passo veloce. Charlotte stava ballando con il tenente Spears, un uomo alto, che non aveva ancora coordinato la sua altezza con i suoi piedi, i due rotolavano e inciampavano mentre giravano intorno al fienile.

“Stasera siete radiosa, Elizabeth,” disse il capitano Daventree, “è così bello vedervi felice e fuori dal mondo ristretto di Ossington Hall, non è posto per voi.”

“E quale sarebbe il mio posto?” chiese Elizabeth, senza fiato dalla danza.

“Un posto lontano da Richard Ossington, non è l’uomo giusto per voi.”

“E chi sarebbe?” chiese di nuovo, sorridendogli.

“Perché, non l’ho reso ovvio,” rispose, arrossendo profondamente “sapete che scapperei con voi questa notte, se fosse possibile.”

“Vorrei farlo anch’io”, rispose.

La musica si fermò per qualche istante mentre i musicisti si preparavano per il pezzo successivo e le coppie si diressero di lato, Elizabeth stringeva la mano del capitano Daventree mentre sedevano su una delle balle di fieno capovolte. Il profumo di una serata in campagna inglese aleggiava nel fienile, la brezza calda soffiava dolcemente su di loro. Il sole stava iniziando a tramontare, una sfumatura oro e viola copriva il paesaggio che era visibile dalle porte aperte del fienile e sembrava andare avanti all’infinito a perdita d’occhio. Elizabeth si sentiva così felice, che sarebbe davvero scappata con il capitano Daventree quella notte, ma era possibile? Considerò l’idea come una fantasia, ma lei lo amava e come lui amava lei, sentimenti che nessuno di loro aveva mai sperimentato prima.

Fu una serata perfetta, circondata non dall'aristocrazia e dalla pesantezza della sua educazione, ma dalla genuinità dell'amicizia. Elizabeth era venuta a Ossington Hall determinata a non apprezzare nulla ed era vero che gli arrangiamenti della casa erano lontani dal suo gusto. Detestava la prospettiva di un matrimonio combinato e i suoi tentativi di estrarsi da esso erano stati definitivamente messi nella parte posteriore della sua mente dalla scoperta del suo destino. Ma nella gente del villaggio e negli amici che aveva fatto, e nell'amore che aveva trovato con il capitano Daventree, Elizabeth poteva onestamente dire che in nessun momento della sua vita era stata più felice di quanto non fosse in quel momento.

Eppure la pace può essere rapidamente distrutta e mentre lei sedeva con il capitano Daventree a guardare il paesaggio, e i musicisti ripresero la loro melodia ancora una volta, inorridì nel vedere una figura familiare che attraversava il cortile.

"Charlotte", sibilò alla sua amica che in quel momento era più interessata al tenente Spears che ai problemi di Elizabeth.

"Charlotte, guardate dall'altra parte del cortile."

Charlotte si estrasse dall'abbraccio dell'ufficiale e lanciò un piccolo urlo mentre vide la figura di Richard Ossington che camminava verso il fienile. Prima che Elizabeth potesse nascondersi l'aveva vista e entrò nel fienile con grande sorpresa della gente del villaggio.

"Qual è il significato di ciò?" chiese, in piedi davanti ad Elizabeth e al capitano Daventree, "Vado nelle vostre stanze questa sera per verificare la vostra condizione e vi trovo sparita, dopo un'intuizione e l'interrogatorio di molti dei servi accerto che è a causa di questo ... sfacelo, e ora vi trovo qui a spassarvela con quest'uomo in un modo del tutto disdicevole per una donna promessa sposa."

"Ora guardate qui," disse il capitano Daventree, alzandosi di fronte a Richard che ora avanzava su di lui, viziando per una lotta, "come osate parlare a Elizabeth in questo modo, scusatevi subito, lei non vuole sposare un uomo come voi, considerate il fidanzamento annullato."

"Come osate parlarmi così. Il mio padrino è il Maggiore Generale Stephenson, farò revocare il vostro incarico e verrete congedato dal reggimento del Re per condotta sconveniente. Venite ora, Elizabeth, vi accompagno a casa e sorvolo su questo misfatto."

"Siete un terribile rastrello benpensante," gridò Charlotte, "non si può trovare una donna che desidera sposarvi e così se ne deve forzare una con un accordo, Elizabeth non vi sposerà mai."

"State in silenzio", le disse Richard, "Non parlerò con la figlia infantile di un ecclesiastico di seconda categoria. Frenate la lingua, ragazza, o farò sospendere a tempo indeterminato la vita di vostro padre e diventerete una senzatetto, oltre che rozza.”

Elizabeth era in uno stato di shock, era stata imprudente e ora il suo piano era stato scoperto e non c’era nulla che potesse fare se non seguire Richard a casa. Si sentiva profondamente imbarazzata e intorno a lei la brava gente del villaggio guardava mentre andava docilmente per la sua strada. Il capitano Daventree stava ribollendo di rabbia, ma sapeva che era meglio non minacciare il suo incarico rischiando l’ira del Maggiore

Generale. Charlotte era rimasta in silenzio dopo la risposta di Richard ed era corsa da suo padre per trovare conforto, che le ricordò che finché l’attuale Duca non fosse stato sepolto c’era poco di cui preoccuparsi.

“Non voglio più questo comportamento, capito?” Richard disse ad Elizabeth mentre la conduceva saldamente lungo il sentiero della fattoria, “qualsiasi altro uomo si sarebbe sbarazzato di voi immediatamente, ma sono disposto ad essere indulgente e a ridurre questo misfatto ai vostri modi londinesi in cui immagino che un tale comportamento sia accettabile. Non vi permetterò di incontrare di nuovo gli uomini, o quella ragazza terribile, dovete limitarvi alla casa e al terreno e uscire solo dopo avermi informato. Sono stato abbastanza chiaro?”

Elizabeth rimase stoicamente in silenzio.

“In aggiunta questa disposizione continuerà dopo il matrimonio. Non ci deve essere più contatto con i soldati o con le figlie del clero. Sono stato troppo permissivo con voi in queste ultime settimane. Avrei dovuto porre fine a tutto questo dopo quella cena in cui vi siete dimostrata una sciocca civettuola e una ragazza che ha bisogno di disciplina e ordine per rimanere sulla retta via."

Camminarono in silenzio fino a Ossington Hall, Elizabeth troppo consapevole che le sue azioni frivole le erano costate caro. Era stata imprudente nella sua relazione con il capitano Daventree, ma spesso questa è la via dell'amore. Le parole di Richard non avrebbero fatto una minima differenza per lei ed era ancora più determinata che mai a non sposarlo.

"Richard? Elizabeth?" disse Lady Ossington mentre li incontrò inaspettatamente nel corridoio un po' più tardi, mentre andava a letto.

"Non è niente, madre," disse Richard, "Elizabeth sta semplicemente tornando a casa, dopo una passeggiata. Il suo mal di testa è migliorato e sono sicuro che non ci saranno altri attacchi."

Lasciarono Lady Ossington alquanto perplessa e Richard scortò Elizabeth nella sua camera, assicurandosi che entrasse direttamente.

"Ho la chiave qui," disse, "Mi occuperò di quando potrete e non potrete uscire, almeno per il prossimo futuro fino a quando imparerete a comportarvi bene. Ora andate a letto e non voglio sentire nulla da voi fino a domani. Buonanotte."

Sbatté la porta e girò la chiave nella serratura, cercando di assicurarsi che fosse chiusa dentro. Elizabeth ascoltò mentre percorreva il corridoio e poi si gettò sul letto in lacrime. Era l'uomo più orribile che avesse mai incontrato, e decise allora che l'unico modo in cui lo avrebbe sposato sarebbe stato se fosse stata costretta con la spada a farlo. Si sdraiò sul letto per qualche tempo, singhiozzando a se stessa, ma mentre il sole si nascondeva dietro le colline lontane e la stanza cominciava a diventare buia sentì qualcosa contro la finestra.

Era la leggera raschiatura di piccole pietre che venivano lanciate dal giardino e che si muovevano contro il vetro. Si alzò e si asciugò gli occhi, andò alla finestra e guardò fuori. In basso c'era il contorno di due figure e quando lei apparve alla finestra uscirono al chiaro di luna. Erano Charlotte e il capitano Daventree. Elizabeth tirò su la finestra a fascia e guardò fuori.

"Elizabeth, grazie a Dio," disse Charlotte, "vi ha fatto del male?"

"Sto abbastanza bene", disse Elizabeth, "ma confinata nelle mie stanze. Ha chiuso la porta e ha preso la chiave, e mi ha proibito di avere ogni contatto con voi."

"Che canaglia," disse il capitano Daventree, "non vi preoccupate però, abbiamo un modo per entrare, invieremo parola tramite la vostra fedele cameriera Lucy, è venuta da noi immediatamente dopo che ve ne siete andata e ci ha detto che se avete bisogno di qualsiasi cosa allora lei sarà lieta di esservi d'aiuto."

"Dio la benedica," disse Elizabeth, "allora ci incontreremo molto presto noi tre e sappiate che sono certa che non sposerò Richard, ho un solo amore."

"E anch'io," disse il capitano Daventree, "dobbiamo andare prima che ci vedano, aspettate un nostro messaggio, arriverà molto presto."

E con ciò Charlotte e il capitano Daventree si sciolsero nell'ombra. Elizabeth respirò l'aria fresca e profumata del giardino e si sentì molto meglio, ora che i suoi amici erano venuti in suo aiuto.

Capitolo 6

"Lo farà o non lo farà?"

Elizabeth non dormì bene quella notte, irrequieta e innervosita dal suo trattamento per mano di Richard. All'alba un trambusto nel corridoio la svegliò dal suo sonno e si girò, ascoltando il rumore dall'esterno.

"Prendo sempre l'acqua calda delle padrone in mattinata, signore. Le ho steso i vestiti e l'ho aiutata a vestirsi", sentì dire Lucy.

"D'ora in poi sarò io a garantire l'accesso alle sue stanze, voi aspetterete qui, e io verrò ad aprire la porta, capito?" L'altra voce era quella di Richard.

"Sì, signore, ma sembra una cosa crudele da fare, tenerla chiusa qui dentro."

"Se mi interrogherete ancora sulla questione, Lucy Smith, metterò in atto un'ulteriore crudeltà licenziandovi dal vostro lavoro e fornendo una referenza tale che non lavorerete mai più in nessuna casa in Inghilterra. Mi sono fatto capire?"

"Chiaramente, signore", disse Lucy.

Elizabeth si sedette nel letto mentre la chiave veniva girata nella serratura e la porta si apriva per consentire alla cameriera di accedere alla camera. Richard la seguì da dietro.

"Richard, è abbastanza improprio entrare nelle mie stanze in questo modo", disse Elizabeth, molto imbarazzata dall'essere disturbata in questo modo, e arrabbiata per la sua insensibilità nel trattare Lucy in questo modo.

"Farò quello che voglio," rispose, "avete avuto abbastanza tempo per fare come vi piace, ora sbrigatevi e vestitevi, abbiamo una giornata impegnativa davanti."

E con questo lasciò la stanza.

Lucy mise il vassoio, su cui si trovava una brocca di acqua calda fumante e un mucchio di asciugamani appena lavati, giù sul lavabo e sospirò.

"È un uomo crudele," disse, "lo abbiamo detto tutti la scorsa notte, quando vi ha trascinata via, mia madre era in lacrime e tutta la serata è stata rovinata. Mr. Hodgson è arrivato persino a dire che potrebbe non tenere di nuovo il ballo l'anno prossimo, dato il turbamento causato."

"Se crede di potermi sottomettere con crudeltà, allora si sbaglia di grosso," disse Elizabeth, "non preoccupatevi, Lucy, se crede che le sue azioni mi placheranno, allora non si aspetta quello che succederà."

Lucy stese i vestiti della sua signora, ma mentre prendeva la brocca d'acqua calda per versarla nel catino lasciò un piccolo urlo, facendo saltare Elizabeth.

"Di che si tratta, Lucy?"

"Signora, una lettera sotto la brocca, come ci è arrivata? Ho preparato io stessa il vassoio, come faccio ogni giorno."

La cameriera consegnò il biglietto a Elizabeth che lo aprì e sorrise mentre leggeva il contenuto.

"Non preoccupatevi, abbiamo un piano per la tua fuga, andrà tutto bene. I vostri amici C e W."

"Ma come ci è arrivato? Ero sola ... fuori dalla stanza per cinque minuti quando Mr. Coleman, il maggiordomo, mi ha chiesto di fare una commissione fino a Sua Signoria. Qualcuno deve averlo messo lì allora, tutti sanno che è mio compito portare il vassoio ogni mattina, signora."

"Devo scrivere una risposta?" chiese Elizabeth.

"Sembra che abbiano tutto sotto controllo, signora, inoltre, lei non sa se il signor Ossington potrebbe intercettarlo."

Elizabeth acconsentì, e vestendosi bruciò la nota nel fuoco, affinché Richard non apparisse e la scoprisse con essa. Alla fine tornò e la scortò a colazione dove i due si sedettero in silenzio, non volendo dire una parola

all'uomo dal cuore crudele che credeva di poterla sottomettere.

I giorni e le settimane seguenti continuarono in questa direzione. Ogni notte veniva chiusa nelle sue stanze e la mattina Richard accompagnava Lucy a vedere la sua signora, scortando Elizabeth in seguito. Passavano la giornata insieme, Richard attento a non perderla di vista. Tale era la vicinanza della loro compagnia che Lady Ossington fece notare a suo figlio che avrebbe dovuto concedere alla giovane donna un po' di libertà, un suggerimento che fu ignorato.

Ma Richard Ossington non aveva contato sulla forza del sentimento che il vero amore e l'amicizia possono generare. Elisabetta fu fortunata che nelle mani di Charlotte e del capitano Daventree il suo destino non fosse di essere abbandonata al matrimonio con un uomo che amava solo la prospettiva che lo status di tale unione avrebbe portato. Invece, i due ora lavoravano instancabilmente per la sua libertà assistiti nientemeno che dalla fedele cameriera a cui Elizabeth era stata così vicino durante il suo periodo a Ossington Hall.

"C'è un'altra nota signora," disse Lucy, come Richard le chiuse nella camera una mattina qualche settimana dopo.

Ancora una volta era stata posta sotto la brocca dell'acqua calda e Elizabeth la sollevò per rivelare la corrispondenza scritta nell'ormai familiare copione pulito di Charlotte.

"Non permetteremo che il matrimonio abbia luogo, W si assicurerà che siate salvata all'altare. C."

Elizabeth era piuttosto sorpresa, si aspettava scale contro la finestra nel bel mezzo della notte e un cavallo per portarla via a Londra dove lei e il capitano Daventree avrebbero potuto sposarsi. Doveva andare all'altare con Richard e sperare in un miracolo?

"È una buona notizia, signora?" chiese Lucy.

"Penso di sì," rispose Elizabeth, "sembra che dovrò fidarmi delle risorse dei miei amici e credere che tutte le cose andranno bene."

Proprio allora la chiave nella porta venne girata e Elizabeth spinse il biglietto sotto le sue lenzuola proprio quando Richard Ossington apparve nella stanza.

"Non siete ancora pronta, Elizabeth? C'è molto da fare, venite ora, smettetela di parlare con questa cameriera e rendetevi presentabile. Dobbiamo organizzare un matrimonio."

Elizabeth sospirò, preferiva fuggire a cavallo nel mezzo della notte piuttosto che essere portata in chiesa da quest'uomo odioso. La fuga sembrava molto più lontana di quanto sperasse.

******

I giorni successivi portarono grande fermento a

Ossington Hall, il matrimonio era imminente, e Richard aveva decretato che nessuna spesa sarebbe stata risparmiata nel preparare la sala per la grande occasione. Lady Ossington era scappata dai preparativi mentre suo figlio insisteva solo sulla più bella e grandiosa decorazione per il giorno in cui avrebbe fatto di Elizabeth Hanbury sua moglie.

Gli ospiti erano stati invitati da tutta l'Inghilterra e, naturalmente, anche la madre di Elizabeth sarebbe stata presente, viaggiando da Londra il giorno prima. Suo fratello non poteva essere presente a causa di una relazione nella parrocchia che lo teneva occupato, un fatto che lei era più che felice di accettare.

Alla casa un gran numero di servi erano stati impiegati per assicurare che i grandi esponenti dell'aristocrazia fossero intrattenuti con una cerimonia adeguata. La grande sala da pranzo era stata allestita per un centinaio di ospiti e il cigno dorato al centro della tavola era stato ancora una volta lucidato in modo che splendesse come un gioiello abbagliante in mezzo a una vista di stoviglie e posate altrettanto abbaglianti.

Non era solo la casa che si stava preparando, giù nel villaggio la chiesa non aveva visto tanta attività dal matrimonio degli attuali Duca e Duchessa. Mr. Levitt era stato abbastanza disturbato dai suoi doveri parrocchiali dal costante fastidio di Richard Ossington che, nonostante il suo status ecclesiastico, stava arrivando a disprezzare sempre di più.

"La chiesa deve essere adornata di fiori selvatici, mi è stato detto," disse Mr. Levitt a Charlotte il giorno prima del matrimonio, "I bambini della scuola del villaggio sono stati mandati nei campi e nelle siepi per raccoglierli sulla promessa di uno splendido pranzo fornito dagli Ossington, non ho mai visto niente di simile in vita mia. Uno dovrebbe sposarsi per amore e non per ostentazione."

Charlotte acconsentì ma non disse nulla a suo padre sul piano che lei e il capitano Daventree avevano escogitato per salvare Elizabeth dalle grinfie di Richard Ossington. Dubitava che avrebbe approvato.

Comunicare con Elizabeth era stato facile. Con la madre di Lucy che cucinava per la famiglia Levitt non era stato difficile estrarre informazioni su Ossington Hall da lei con mezzi casuali. Mrs. Smith amava spettegolare, ed era molto orgogliosa di sua figlia per aver ottenuto un posto a Ossington Hall. Aveva detto a Charlotte tutto quello che doveva sapere sulla disposizione della casa e sulla routine mattutina. Charlotte aveva poi passato questa informazione al capitano Daventree che, avendo un soldato sotto il suo comando che aveva preso una simpatia per un'altra delle ragazze servitrici a Ossington Hall, era stato in grado di trasmettere i messaggi a Elizabeth attraverso il giovane privato in questione che aveva preso l'abitudine di visitare la cameriera la mattina presto prima che gran parte della famiglia fosse sveglia.

Così, la comunicazione con Elizabeth era stata mantenuta nonostante i migliori tentativi di Richard Ossington di prevenirla. Insieme Charlotte e il capitano Daventree avevano escogitato un audace piano per il suo salvataggio. Avevano pensato di prenderla con la forza, arrivando alla sala e chiedendo il suo rilascio, ma il capitano Daventree sapeva che questo avrebbe portato solo guai. Egli intendeva invece utilizzare il servizio matrimoniale a suo vantaggio e obiettare al matrimonio nel momento in cui il Sig. Levitt avrebbe chiesto se ogni presente sapeva di qualsiasi giusta causa o impedimento per cui queste persone non avrebbero dovuto essere unite nel sacro matrimonio.

Era certamente un piano audace, ma non uno da cui un soldato così decorato come il capitano Daventree si sarebbe sottratto. Mentre il giorno del matrimonio si avvicinava era ancora più determinato a dichiarare il suo amore per Elizabeth e a salvarla da una vita di miseria per mano di Richard Ossington.

******

"Non vedo l'ora di rivedere vostra madre," disse Lady Ossington ad Elizabeth mentre le due aspettavano nel salone l'arrivo di Lady Hanbury.

Elizabeth era meno entusiasta del previsto. Dopo aver scoperto gli incarichi segreti di sua madre sul suo fidanzamento con Richard, Elizabeth non si era trovata ben disposta verso la donna che l'aveva mandata a Ossington Hall all'inizio dell'estate con il pretesto di trascorrere lì la stagione. Con il suo imminente arrivo Elizabeth sapeva che il suo destino sarebbe stato presto deciso, e se la verità fosse stata detta l'avrebbe fatta ammalare.

"Credo che tutti gli arrangiamenti siano a posto," disse Richard, entrando nel salone e sedendosi di fronte alle due donne che stavano prendendo il tè, "domani, a quest'ora, Elizabeth, sarete Lady Ossington e non Lady Hanbury, e che giorno felice sarà per tutti noi, non è vero?"

Elizabeth rimase in silenzio e Lady Ossington si spostò leggermente goffamente sulla sua sedia, annuendo in accordo, cos'altro poteva fare? Il Duca si era assicurato di aver avuto il meno possibile a che fare con i preparativi per il matrimonio ed era ancora confinato nella biblioteca dove intendeva rimanere il più a lungo possibile.

A mezzogiorno arrivò la carrozza con la madre di Elizabeth. Aveva pernottato in una locanda tra Londra e Ossington e arrivò con tutta la cerimonia regale della madre della sposa. Erano passati molti anni dall'ultima volta che era stata a Ossington Hall, lei, come Elizabeth, preferiva di gran lunga la scena sociale londinese alla tranquillità della campagna.

Ora era arrivata a Ossington contenta di aver creato una tale combinazione. Il personaggio della partita conta molto meno dei grandi dintorni ovvero del beneficio della sua realizzazione. Uscendo dalla carrozza respirò intorno a sé, guardando verso l'alto la grande casa che un giorno sarebbe stata responsabilità di sua figlia.

"Lady Hanbury, che piacere vedervi", disse Lady Ossington, facendosi avanti per salutare la madre di Elizabeth con un abbraccio.

"È un piacere rivedervi, Lady Ossington. Mentre guidavo attraverso il villaggio ho ricordato molte occasioni felici qui a Ossington e ora è un'occasione così felice che ci riporta insieme."

"Sì, e i preparativi per domani sono quasi terminati. Venite da questa parte per incontrare Elizabeth, è stata molto contenta del vostro arrivo."

Questo non era ovviamente il caso e, a dire la verità, Lady Hanbury era un po' ansiosa di vedere sua figlia che non aveva comunicato con lei dalla scoperta del suo fidanzamento pianificato. Da parte di Lady Hanbury c'era stato un leggero senso di colpa nell'organizzare le cose per sua figlia in questo modo, ma non tanto da farle pensare che fosse la cosa sbagliata da fare. Dopo tutto, una donna non sposata è semplicemente un peso per tutti.

"Elizabeth, cara", disse, entrando nel salone con Lady Ossington, "siete bellissima, così radiosa prima del vostro matrimonio", e abbracciò sua figlia calorosamente.

"È bello vedervi, madre," disse Elizabeth, un po' più freddamente di quanto intendesse. Nonostante le azioni di sua madre, lei l'amava molto, "Confido che il viaggio sia stato confortevole."

"Beh, detesto gli spostamenti in carrozza, ma avrei fatto qualsiasi cosa per vedere mia figlia sposarsi, e qui c'è Richard, il bel giovane sposo. L'ultima volta che vi ho visto eravate solo un ragazzino, e ora siete diventato un bravo ragazzo."

Elizabeth non poté fare a meno di sorridere a questa sfacciata bugia. Richard Ossington non stava bene né nell'aspetto né nei modi, un fatto che aveva scoperto a sue spese durante questi ultimi mesi a Ossington Hall.

"Non volete prendere del tè, Lady Hanbury," disse Lady Ossington, indicando una sedia per la madre della sposa, e versandolo dalla teiera in delicate tazze di porcellana.

Richard addusse scuse per andarsene e le tre donne passarono un piacevole pomeriggio nelle discussioni che le donne del loro rango e della loro classe volevano avere, discutendo le vicende sociali di Londra e commentando le prossime nozze. Una discussione che Elizabeth trovò difficile da affrontare, dato il suo desiderio che detta occasione non avvenisse.

Anche molti degli altri ospiti delle nozze alloggiavano a Ossington Hall quella notte e mentre il giorno proseguiva un flusso dei carrozze arrivò portando il grande, il buono e il non così grande o buono dell'aristocrazia inglese. Lo stesso Richard Ossington era di scarso interesse per l'istituzione, ma il Duca, nonostante la sua età, manteneva ancora una notevole influenza e il matrimonio del figlio maggiore era un evento che nessuno voleva perdere.

Era quindi una scena di caos e confusione, ai Signori e alle Signore vennero mostrate le loro camere e i baroni erano in competizione con marchesi nel generale sconvolgimento di un matrimonio di società. Elizabeth fece del suo meglio per evitarlo e scusandosi si ritirò nella sua stanza, schivando lontani membri della famiglia, quando prese un percorso alternativo alle sue camere attraverso i passaggi posteriori della casa.

Richard Ossington era stato troppo distratto quel giorno dagli accordi per il suo matrimonio per preoccuparsi della sicurezza di Elizabeth. Aveva continuato a chiuderla nella sua stanza ogni notte, ma ora che il matrimonio era così vicino non sentiva il bisogno di accompagnarla in ogni commissione intorno alla casa.

Così, tornò alla sua camera da letto non accompagnata solo per trovare un visitatore più gradito.

"William!" Pianse mentre entrò nella camera per trovare il capitano Daventree seduto sulla sedia vicino alla finestra, guardando tutto il mondo come se fosse tranquillo nella casa del suo avversario.

"Cara Elizabeth, dovevo vedervi e assicurarvi che tutto andrà bene."

"Come avete fatto ad entrare?" chiese lei, correndo ad abbracciarlo.

“Ho i miei modi,” disse, “e la casa è in tale tumulto che ho trovato facile intrufolarmi e giungere fino a qui. Non posso fermarmi a lungo, ma vi prometto che molto presto il vostro calvario sarà finito.”

“Ma come farete?” disse, “non potete portarmi con voi adesso? Vorrei fuggire con gioia immediatamente, dimenticare tutto questo, anche solo per stare con voi.”

“E pensate allo scandalo che ne deriverebbe? No, dobbiamo fare le cose nel modo giusto, non temete, domani tutto andrà bene. Non permetterò che il matrimonio vada avanti.”

I due si abbracciarono ma un calpestio esterno li fece spaventare e il capitano Daventree si nascose dietro la lunga tenda della finestra. Un gentile bussare alla porta e il volto della madre di Elizabeth apparve nella stanza.

“Elizabeth, sono così felice di trovarvi qui, state bene?”

Elizabeth sembrava chiaramente agitata e sua madre venne ad abbracciarla. Fortunatamente non si accorse del piede del capitano Daventree che sporgeva da sotto il sipario.

“Sto bene, madre, come ogni donna il giorno prima del suo matrimonio.”

“Sì, certo. Sarà l’occasione più bella a cui ho partecipato da molto tempo. Mi è passato per la mente qualcosa e questo è chi dovrebbe accompagnarvi domani. Il vostro caro padre sarebbe stato così orgoglioso di voi e mi sono chiesta, anche se va contro convenzione, se posso essere io a portarvi?"

Elizabeth sorrise a sua madre e le tese le mani.

"Certo, sarei felice se lo faceste, madre."

"Bene, allora è deciso. Vi suggerisco di farvi una bella dormita, Elizabeth. Chiederò che la vostra cena vi sia portata e che non siate disturbata. Naturalmente vi assisterò domani nei vostri preparativi. Fino ad allora, cara."

E sua madre lasciò la stanza, il capitano Daventree uscì dal suo nascondiglio e i due scoppiarono a ridere mentre i suoi passi diventavano impercettibili.

"Ne ho abbastanza delle convenzioni della società", disse Elizabeth, "mio padre non avrebbe mai permesso che questo matrimonio avvenisse se fosse stato ancora vivo. Mia madre si è comportata molto male nei suoi arrangiamenti, è libera di darmi via, ma siete voi William che mi riprenderete."

"Infatti, Elizabeth, non abbiate paura. E ora devo partire per timore di essere scoperto da qualcuno più attento di vostra madre."

I due si salutarono a vicenda ed Elizabeth si sedette di nuovo sulla sedia vicino alla finestra, il calore di fine estate inondò la stanza. Respirò profondamente e immaginò la libertà che domani sarebbe stata sua. C'era una prova da affrontare, ma dopo di che sarebbe sicuramente venuta la gioia. Passò il resto della giornata in oziosa contemplazione, guardando di tanto in tanto dalla finestra verso i giardini che erano stati riempiti dalla folla invitata che era venuta ad assistere a un matrimonio che Elizabeth sapeva che non avrebbe avuto luogo.

Capitolo 7

"Tutto è bene quel che finisce bene?"

Un matrimonio dovrebbe essere un'occasione di immensa gioia che preannuncia l'inizio di un nuovo capitolo nella vita di due persone innamorate. Il matrimonio organizzato per due degli occupanti di Ossington Hall il primo settembre di quell'anno era ben lungi da questo. Elizabeth si svegliò quella mattina con una profonda sensazione di terrore per il giorno che stava per nascere. Aveva piena fiducia nel capitano Daventree, ma poteva davvero salvarla dal destino che sembrava aspettarla?

Richard Ossington si era alzato presto ed essendo un personaggio superstizioso, aveva ordinato a Lucy di occuparsi della sua amante da sola, non desiderando incontrare Elizabeth fino al suo arrivo alla chiesa più tardi. Aveva fatto un'ispezione finale della casa, assicurandosi che tutto fosse in ordine per il suo ingresso trionfale con la sua sposa appena conquistata più tardi quel giorno.

La cena sarebbe stata la cosa più grandiosa a cui Ossington Hall avesse mai assistito con abbastanza cibo e bevande da sfamare un piccolo esercito, anche se ovviamente Richard aveva proibito a qualsiasi milizia di essere invitata ai festeggiamenti. Per quanto lo riguardava, il capitano Daventree era stato espulso dagli affetti di Elizabeth e ne era molto felice. Doveva viaggiare con il padre e la madre nella grande carrozza d'oro riservata a tali occasioni, arrivando in chiesa poco prima delle undici, la cerimonia organizzata per mezz'ora.

******

"Buongiorno, signora," disse Lucy, mentre entrava nelle stanze di Elizabeth quella mattina, "confido che abbiate dormito bene prima dell'eccitazione del giorno a venire."

Elizabeth rise.

"È un giorno spaventoso, Lucy", "e lo sapete bene."

"Ma se finisce con voi e il capitano Daventree insieme, allora ne varrà sicuramente la pena," disse la cameriera, posando il vassoio, "Ho un altro biglietto per voi."

Passò a Elizabeth un foglio piegato di carta da sotto la brocca dell'acqua su cui erano state scritte solo alcune semplici parole:

"Siate sempre sicura del mio amore. W."

"Siete così fortunata, signora, due uomini che litigano per voi", disse Lucy, che si procurò il vestito da sposa della sua signora.

"Credetemi, Lucy," rispose Elizabeth, "Preferirei essere con l'uomo che amo veramente, piuttosto che tutto questo."

Non passò molto tempo prima che la madre di Elizabeth arrivasse, arrossendo nella stanza in un vortice di caos come si addice alla madre di una sposa il giorno del suo matrimonio. Non passò molto tempo prima che i capelli di Elizabeth fossero spazzolati e pettinati, la polvere applicata e il vestito indossato. La stanza era in tumulto con abiti e corsetti, fasce e gioielli su quasi ogni superficie.

"Sembrerete la ragazza più bella che abbia mai camminato lungo la navata di questa chiesa", disse Lady Hanbury, in piedi e ammirando il suo lavoro. Richard aveva regalato a sua moglie una collana che a sua volta sua madre gli aveva regalato, era fatta di zaffiri che catturarono la luce mentre la madre di Elizabeth la mise intorno al suo collo.

"La più bella, la più bella davvero", disse Lady Hanbury.

Elizabeth sospirò, tutto questo trambusto per qualcosa che non voleva accadesse.

Era stato decretato che la carrozza che avrebbe portato Elizabeth alla chiesa sarebbe arrivata alle undici e dieci minuti. Così, assicurando il suo arrivo a San Matteo poco prima dell'ora stabilita. Con l'assistenza di sua madre e di Lucy, Elizabeth era pronta ben prima dell'ora stabilita e si fece strada fino al salone per attendere la chiamata per la sua partenza, sua madre camminava avanti per assicurarsi che lei e Richard non si incontrassero. Anche Lady Hanbury era superstiziosa.

"Avete una bella giornata per il vostro matrimonio," disse sua madre, guardando fuori dalle finestre del salone mentre la carrozza contenente gli Ossington si allontanava. Il Duca era stato allontanato dai suoi libri e costretto nella sua uniforme da sua moglie, lamentando che non aveva mai visto un tale trambusto per un matrimonio. Segretamente credeva ancora che la partita fosse una pessima idea ed era solo contento che sarebbe rimasto a capo di Ossington Hall fino alla sua morte, solo per non dover vedere il pasticcio che Richard avrebbe inevitabilmente fatto del posto una volta ereditato.

Mentre la carrozza si avvicinava alla chiesa, Richard guardò il villaggio e il parco. Sorridendo a se stesso ora che aveva aggiunto la corda successiva al suo arco: una moglie per fornire un erede alla tenuta e rimanere a sua completa disposizione.

"Vostra Grazia, Lady Ossington, Lord Ossington, che piacere vedervi," disse Mr. Levitt, mentre salutava l'arrivo della carrozza alla chiesa qualche minuto dopo, "che bel giorno per il sacro matrimonio."

"Non è vero?" Il Duca disse: "Una cosa è certa, non abbiamo bisogno che il buon Dio trasformi l'acqua in vino, mio figlio ha svuotato le cantine nella sala", e lui e il Sig. Levitt risero mentre la festa entrava in chiesa,

Richard sembrava stoico. Si guardava intorno per assicurarsi che nessuna delle milizie avesse ricevuto attenzioni indesiderate. Aveva visto il capitano Daventree in diverse occasioni durante le commissioni per il villaggio e non aveva alcuna intenzione di tollerare la sua presenza ora.

"Se vi degnaste di sedervi qui, Lord Ossington," disse Mr. Levitt, indicando a Richard il banco davanti della chiesa, "e Vostre Grazie qui per favore."

Dietro di lui Charlotte sparò uno sguardo omicida a Richard. Era seduta diverse panche indietro in un grande e sovradimensionato cofano. L'unica persona attualmente presente che sapeva cosa doveva accadere allo sposo seduto così soddisfatto di se stesso nella parte anteriore della chiesa.

Gradualmente gli ospiti cominciarono ad arrivare, e la chiesa fu presto riempita di ogni rango e privilegio noto alla società britannica. I bambini avevano compiuto il loro compito di raccolta dei fiori e la decorazione degli interni appariva come un'estensione dell'esterno, ogni pilastro coperto di grandi mazzi di bianca gipsofila e le finestre festonate con fiori gialli e dorati, il sole che li catturava mentre passavano attraverso il vetro. Essi fecero starnutire ripetutamente Mr. Levitt e come cominciò a suonare la campana per annunciare il matrimonio imminente scavò in profondità delle tasche in cerca di un fazzoletto.

"Beneditemi, Charlotte," disse a sua figlia, starnutendo di nuovo, "Spero di poter superare i riti matrimoniali senza starnutire ogni momento."

"Sono sicura che la cerimonia non durerà a lungo, papà," disse Charlotte, sorridendo a se stessa.

Suo padre non fece alcun commento e mentre la campana continuava a suonare attraverso la parrocchia un'altra carrozza stava scendendo verso la chiesa. Questa volta portando la sposa che desiderava per tutto il mondo che fosse il più lontana possibile da Ossington.

"Non è una scena perfetta," disse sua madre, la brezza dolce e il sole caldo erano una sensazione così piacevole su ciò che per lei era l'occasione più felice immaginabile.

Elizabeth sedette in silenzio. Era stata sventolata dai servi a casa e ora, mentre si avvicinava alla chiesa, tese gli occhi per ogni vista del capitano Daventree, la sua unica speranza in ciò che doveva venire. Passarono lungo la pista vicino all'albero in cui i due avevano fatto le loro assegnazioni in passato e giù nel villaggio. Molti degli abitanti del villaggio erano venuti a vederla sposare Richard Ossington, confusi sul motivo per cui avrebbe dovuto scegliere di sposarlo, dopo il suo trattamento al ballo di Mr. Hodgson.

Il lychgate della chiesa era stato addobbato con ancora più fiori, un ramo di colore affinché lei passasse sotto e mentre lo tirarono verso l'alto vide la figura del capitano Daventree nascosta da un albero di tasso nel

cortile della chiesa. Sua madre non si accorse dell'uomo, non indossava più la sua uniforme militare mentre si agitava intorno a sua figlia. Il Sig. Levitt uscì dalla chiesa, il suo vestito bianco rifletteva il sole che ora batteva.

"È una prerogativa della sposa essere in ritardo", disse, "ma siete abbastanza in tempo Lady Hanbury, e questa deve essere la vostra cara madre, un piacere incontrarvi."

L'anziana Lady Hanbury sorrise al rettore e scese dalla carrozza, assistendo Elizabeth con il suo vestito, diverse altre donne si riunirono fuori venendo in aiuto. Ma Elizabeth non riusciva a distogliere lo sguardo dalla figura del capitano Daventree che rimaneva in piedi accanto all'albero di tasso sorridendole.

"Se siete pronta allora procederemo", disse il rettore, tornando indietro verso la chiesa, e conducendo la sposa al suo destino.

Passarono a pochi metri di distanza dal capitano Daventree e Elizabeth arrossì profondamente quando le fece un basso inchino. Sua madre riconobbe la sua cortesia, credendo che fosse un agricoltore locale. Attraversarono la porta della chiesa, il chiacchiericcio generale all'interno scese quando la congregazione riunita apprese che la sposa stava per entrare.

"Venite ora Elizabeth," disse sua madre, "è il momento più importante della vostra vita."

Elizabeth sorrise e prese il braccio di sua madre mentre Mr. Levitt segnalò all'organista di iniziare la marcia nuziale che egli fece con notevole gusto. Questo fu il segnale per Richard di prendere il suo posto davanti all'altare siccome il matrimonio stava per cominciare.

Elizabeth camminò con calma verso il suo destino, sembrava quasi un sogno come l'organo suonava e lei veniva festeggiata dall'assemblea riunita. Mentre camminavano lungo la navata, le donne si prostrarono e gli uomini si prostrarono davanti a lei. C'era grande allegria mentre gli ospiti guardavano la bella sposa farsi strada attraverso la chiesa, seguendo Mr. Levitt che, arrivando all'altare, girò e indicò il suo posto. Elizabeth lasciò il braccio di sua madre e prese il suo posto accanto a Richard che si voltò e le fece un cenno.

Non c'era uno sguardo d'amore tenero nei suoi occhi, nessun riconoscimento della sua bellezza. Solo lo sguardo duro e soddisfatto di chi ha ottenuto ciò che vuole e ora intende solennizzarlo per sempre.

"Carissimi, siamo qui riuniti nel cospetto di Dio e di fronte a questa congregazione per unirci nel sacro vincolo del matrimonio, che è un'onorata condizione, istituita da Dio al tempo dell'innocenza dell'uomo, significando per noi l'unione mistica tra Cristo e la sua Chiesa ..." iniziò Mr. Levitt, Elizabeth in piedi a disagio accanto a Richard che era rigido ed emotivo ascoltando le parole del clero.

Lady Hanbury aveva preso il suo posto sul banco anteriore della chiesa e guardava in lacrime mentre la sua unica figlia si preparava a prendere i voti. Lord e Lady Ossington si sedettero sul lato opposto della chiesa, il Duca già si sentiva stanco della cerimonia e disperato di tornare alla pace e alla tranquillità della sua biblioteca. Avreste potuto sentire un perno cadere nella chiesa mentre la congregazione ascoltava il rettore iniziare il servizio matrimoniale. Charlotte era seduta diverse panche indietro, il suo grande e ingombrante cofano bloccava la vista di molti dietro di lei. Stava guardando con il fiato sospeso, sapendo che molto presto questa scena sarebbe stata bruscamente interrotta.

"... è stato ordinato per la mutua società, aiuto e conforto, che l'uno dovrebbe avere dall'altro, sia nella prosperità che nelle avversità. In quale santa condizione queste due persone presenti vengono ora per essere unite," Mr. Levitt continuò, "Quindi, se qualcuno può mostrare qualsiasi giusta causa, perché non possano legittimamente essere uniti insieme, lasciatelo ora parlare, altrimenti d'ora in poi per sempre tenga la sua pace."

"Io voglio."

Ci fu un sussulto da parte della folla riunita come ogni persona nella chiesa si voltò per vedere chi era che aveva parlato. Il capitano Daventree scese ora lungo la navata verso l'altare dove un incredulo Richard Ossington avanzò verso di lui.

"Portate quest'uomo fuori di qui, come osate disturbare queste procedure, un semplice soldato, portatelo fuori di qui."

"Em... bene," il timido Mr. Levitt disse, "abbiamo bisogno di sentire qualsiasi obiezione, ecco perché il servizio matrimoniale inizia in questo modo. Devo ammettere che in quarant'anni di Ordini Sacri ho saputo che si è verificato solo una volta e che è stato un malinteso sulla sede, ma ogni persona ha il diritto di fare obiezione. Parlate ora em... capitano Daventree non è vero?"

"Esatto, reverendo, e mi dispiace interromperla, ma questa donna non può sposare quest'uomo perché non lo ama. Lei mi ama e io amo lei, più di qualsiasi altra persona sulla terra di Dio. E per di più è vittima della forza e della coercizione in tutto questo, sua madre ha avuto un ruolo nel far sì che venisse qui. Elizabeth non aveva intenzione di sposare quest'uomo odioso che, dopo lo scandalo da parte sua al ballo di Mr. Hodgson, l'ha tenuta rinchiusa, una prigioniera virtuale nella casa che sposandolo diventerà la sua prigione a vita."

Ulteriori sussulti provenivano dalla folla e molte delle donne svennero, un atto non sconosciuto nell'alta società. Lady Ossington era senza parole e il Duca voltò la testa con una lieve soddisfazione che gli apparve in viso.

"Allontanate immediatamente quest'uomo", ripeté Richard Ossington, avanzando di nuovo verso il capitano Daventree che avrebbe combattuto lì se Mr. Levitt non fosse intervenuto tra loro.

C'erano molti che avevano deriso il parroco anziano nel corso degli anni, ma se c'era una cosa che il buon reverendo conosceva più di molti era l'amore. Lo aveva visto innumerevoli volte nei volti gioiosi di coloro che aveva sposato e nei volti sconsolati di coloro che seppellivano i loro cari e care, lacrime di dolore nate dall'amore. Lo aveva visto nei volti dei genitori che portavano i loro figli per essere battezzati e negli occhi di coloro che si inginocchiavano davanti alla ringhiera della comunione per ricevere il loro Signore nella santa comunione. Mr. Levitt conosceva l'amore e ora si trovava tra Richard e il capitano Daventree quando parlò.

"Caro signore, voi venite qui chiaramente con le più onorevoli intenzioni e lo fate, non come Lord Ossington potrebbe obiettare, non in un atto di malizia, ma, non ho dubbi, per l'amore. Se quello che dite è vero, allora c'è solo un altro che può confermarlo per noi", e qui si rivolse a Elizabeth, "mia cara, se quello che dice il capitano Daventree è vero, allora non posso permettervi di sposare Lord Ossington. Forse lo consideravate vostro dovere o vostra inevitabilità", e qui lanciò uno sguardo a

Lady Hanbury che arrossì, "ma nel matrimonio ci deve essere una sola prova e questa è l'amore e se non provate amore per quest'uomo", e indicò Lord Ossington, "Allora non posso permettervi di sposarlo, e se questo è l'uomo che amate," e indicò al capitano Daventree, "allora deve essere quest'uomo che scegliete."

Charlotte non aveva distolto gli occhi da Elizabeth che fino ad ora era rimasta con la testa china, tremando un po' con lo sforzo emotivo di ciò che stava accadendo. Ma ora Elizabeth alzò lo sguardo e afferrò lo sguardo della sua amica, le due si scambiarono uno sguardo che parlava dell'intenzione di Elizabeth.

"Non amo affatto Lord Ossington", disse, rivolgendosi al rettore, "e sono triste di dire che le parole del capitano Daventree sono corrette, sono stata vittima dell'accordo e della forza. Il destino mi ha sopraffatta fin dal mio arrivo qui, qualche mese fa, un destino da cui ho cercato disperatamente di fuggire. Ma come può una donna sfuggire a un tale destino in una società come questa? Non posso sposarvi, Richard. Scelgo invece il capitano Daventree, perché è come dice, siamo innamorati, un amore che non credo potrei mai sperimentare con un altro."

Era ora il turno di Lady Daventree di svenire mentre sua figlia si allontanava dall'altare e abbracciava il capitano Daventree. Richard Ossington era indignato dalla rabbia e avanzò verso la coppia, pronto a squarciare il capitano Daventree.

Ma il Duca intervenne.

"Se ciò che è stato detto è vero e avete sottoposto Elizabeth a tale trattamento sotto il mio tetto, allora un altro passo verso di lei si tradurrà nella vostra diseredazione. È tutto chiaro?"

Richard si girò per affrontare suo padre, con uno sguardo di rabbia apoplettica in faccia.

"È mia eredità fare come voglio, questo è illegale, quest'uomo deve essere rimosso dalla chiesa e accusato di disturbare la pace e la libertà di religione" gridò, l'intera chiesa ora in silenzio mentre guardava in stupore lo spettacolo che si svolgeva davanti a loro, "inoltre avreste dovuto revocare la sua commissione e dargli un congedo disonorevole, quell'uomo non è altro che un farabutto."

"E voi, Richard, non siete altro che un bullo", disse suo padre, facendo qualche passo avanti, "vostra madre non avrebbe dovuto organizzare questo matrimonio per voi, ma era vostra responsabilità trattare questa giovane donna con il rispetto e la dignità che è giustamente sua. Forse ho opinioni piuttosto moderne, Dio sa ciò che i greci hanno fatto, ma il ruolo di un gentiluomo è quello di trattare sua moglie con rispetto e amore. Questo è certamente il modo in cui ho cercato di trattare vostra madre nel corso degli anni," a queste parole Lady Ossington rivisse un po', "davanti a me vedo un uomo che ama sinceramente questa giovane donna e nonostante i suoi metodi poco ortodossi è venuto qui a dichiarare il suo amore per lei. Voi, Richard, volete semplicemente un trofeo, e quindi non posso permettere che questo matrimonio avvenga."

Richard non poté fare ulteriori mosse e rimase a guardare silenziosamente l'altare senza un ulteriore sguardo o parola mentre Elizabeth e il capitano Daventree camminavano mano nella mano fuori dalla chiesa, accompagnati da Charlotte. La congregazione non poteva credere allo spettacolo a cui avevano appena assistito. Era il matrimonio di società più emozionante a cui chiunque avesse mai assistito.

"Ho pensato che avrei dovuto andare fino in fondo," disse Elizabeth, mentre i tre di loro camminavano mano nella mano attraverso il lychgate.

"Non l'avrei mai permesso", disse il capitano Daventree, "Vostro padre aveva ragione Charlotte, non c'è motivo di sposarsi se non è per amore e quindi vi chiedo ora Elizabeth, volete sposarmi? Non c'è un'altra donna che faccia cantare il mio cuore come voi, vi amo e vi ho amata nel momento in cui ho posato gli occhi su di voi."

Si girò e si inginocchiò davanti a lei, proprio lì, nella piazza del villaggio, mentre Charlotte guardava, con le mani alzate in faccia dalla gioia.

"Sì," disse Elizabeth, "mille volte sì, la mia vita è stata resa la più ricca sulla terra di Dio dalla gioia che mi avete portato nel cuore. Sì, vi sposerò, se mi promettete di portarmi lontano da qui."

"Per quanto posso," disse, "anche se spesso inviteremo Charlotte a farci visita."

"Non vi libererete di me, verrò a trovarvi non appena vi sarete sposati, e faremo una vera festa", disse Charlotte, e i tre si abbracciarono.

"In effetti, ho già fatto i preparativi per il nostro primo mezzo di fuga," disse, "se ora mi accompagnerete?"

"Cos'altro c'è da fare", rispose, non curandosi dello scandalo che le sue azioni avevano generato. L'amore era molto più importante.

Il capitano Daventree aveva un cavallo e una carrozza ad aspettarli nella piazza vicino all'alloggio del reggimento e aiutò Elizabeth dopo che lei ebbe abbracciato Charlotte.

"Non c'è nient'altro per cui restare qui," disse, salendo accanto a lei, "partiremo immediatamente."

"Ma che ne sarà del vostro incarico?" chiese, "non sarete congedato con disonore, che ne sarà del Maggiore Generale? Non potete vergognarvi per colpa mia, non lo permetterò."

"Richard Ossington non ha l'orecchio del Maggiore Generale, sarà anche il suo Padrino, ma posso assicurarvi che questo fatto non genera in lui il minimo affetto per quell'odioso uomo. Il colonnello Jackson garantirà per me e il reggimento sarebbe dovuto tornare a Londra alla fine del mese. Mi spetta un po' di permesso e se vi fa piacere ci sposeremo a Londra tra pochi giorni, non c'è bisogno che scoppi uno scandalo a causa di questa faccenda, ve lo assicuro."

"Avete davvero pensato a tutto", disse Elizabeth, abbracciando il capitano Daventree che fece partire i cavalli e mise la carrozza in movimento.

"Scrivetemi spesso," chiamò Charlotte, agitandosi follemente come il cavallo e la carrozza che portavano la coppia felice si allontanarono dalla piazza. Elizabeth si voltò e salutò follemente la sua cara amica che ora era sola, a guardare i loro progressi dal villaggio. Charlotte era triste di vedere la sua amica andarsene, ma sollevata che fosse sfuggita alle grinfie di un uomo che Charlotte considerava come uno dei più sgradevoli che avesse mai incontrato.

Elizabeth si appoggiò al braccio del capitano Daventree mentre dirigeva abilmente il cavallo lungo la pista che conduceva da Ossington verso la strada per Londra. Mentre raggiungevano la cima della collina si girò e guardò verso il basso su Ossington, un luogo che fino a poche settimane fa non aveva avuto alcuna rilevanza sulla sua vita. Ora la considerò con disgusto e profonda gratitudine, il luogo in cui era stata sottoposta a tali maltrattamenti per mano di Richard Ossington e il luogo in cui aveva incontrato l'uomo che sapeva essere l'amore della sua vita, e colui che molto presto sarebbe stata orgogliosa di chiamare suo marito. Mentre il pomeriggio passava, essi camminavano felicemente insieme lungo la strada verso Londra, sostando in una locanda dove il capitano Daventree assicurò loro due stanze e dove poi passarono la notte.

******

Alle loro spalle una scena caotica, Richard Ossington ribolliva per l'imbarazzo che aveva sofferto per mano della donna che lo aveva abbandonato. Il duca e la duchessa erano stati catturati nel mezzo della rabbia del loro figlio e il bisogno di ospitalità ai loro ospiti. Così, fu che il pranzo di nozze andò avanti, con la notevole assenza sia della sposa che dello sposo. Nella grande sala da pranzo di Ossington Hall l'assortimento raccolto di duchi e conti, marchesi e baroni, dignitari e signore apprezzò le offerte sontuose dei loro ospiti, sorvegliati dal cigno dorato che sedeva così elegantemente al centro della tavola, un simbolo della bellezza e della purezza che un tale giorno avrebbe dovuto generare in tutti loro. Il pettegolezzo nella stanza era sicuramente presente.

Lady Hanbury fu rianimata dall'odore di sali e fortificata con un po' di brandy che il rettore teneva nella sacrestia della chiesa per le occasioni speciali. Era molto turbata dalle azioni di sua figlia, ma ammise privatamente a Lady Ossington che forse loro due erano state piuttosto veloci nei loro desideri di sposare i loro rispettivi figli senza pensare molto ai sentimenti di entrambi. Da parte sua il Duca di Ossington mangiò il suo sontuoso pasto in silenzio prima di scusarsi e tornare al suo studio. Era tutto un sacco di trambusto per niente e inoltre, il dramma di questo giorno non era nulla rispetto a quello trovato nella tragedia greca, che era l'interesse principale nella sua vita.

Mentre la serata si svolgeva, si decise che la relazione era meglio lasciarla negli annali della storia di famiglia, c'era sempre un'altra stagione e un'altra possibilità di trovare una moglie per Richard. Anche se Lady Ossington ammise che ciò si sarebbe potuto rivelare un problema se le parole del capitano Daventree sulla prigionia e la soggezione fossero state vere. Lo sposo stesso non fu visto per diversi giorni e dopo essere emerso dichiarò che la sua attrazione per il gentil sesso era diminuita, il celibato era l'unica scelta ragionevole per un uomo delle sue responsabilità.

E così la nostra storia a Ossington finisce, proprio come è iniziata. La casa grande è rimasta la stessa, immersa nella campagna vicino al piccolo villaggio dove il parroco suona la campana ogni giorno per Vensong e la gente del villaggio coltiva la terra come avevano fatto per generazioni. Le grandi case sono così, i loro abitanti vanno e vengono, le loro storie esistono per qualche tempo e poi passano alla storia. La casa rimane più o meno la stessa, un luogo di gioia e di dolore, buoni e cattivi, bel tempo e brutto tempo, coloro che vi risiedono solo amministratori di un luogo che li vedrà andare e venire.

Può interessare al lettore sapere che il sig. Hodgson ha tenuto il suo ballo l'anno seguente nei granai alla sua fattoria e che Lucy ha trovato una simpatia nella persona di Samuel Jones il maniscalco locale, si sono sposati in autunno e ora hanno tre figli che sono l'orgoglio e la gioia della loro nonna Mrs. Smith che funge ancora da cuoca per Mr. Levitt.

Il parroco suona ancora ogni giorno la campana di Vensong ed esegue i riti e le cerimonie della chiesa, proprio come i suoi predecessori avevano fatto per generazioni. Per quanto riguarda Charlotte rimase a Ossington, troppo attaccata alla bellezza di quel posto per desiderare mai di allontanarsi, nonostante la noia di cui spesso si lamentava. Ma c'era un viaggio che faceva regolarmente ed era il viaggio fra Ossington e Londra in cui viveva la sua amica più cara e più stretta Mrs. Elizabeth Daventree moglie dell'ora colonnello William

Daventree che sostituì il colonnello Jackson come comandante del battaglione di guardia del Re di stanza nella capitale. Si erano sposati proprio come William aveva annunciato che avrebbero fatto e non c'era stato scandalo causato dagli eventi nel sonnolento villaggio di Ossington. Con il tempo Elizabeth aveva dato alla luce tre figli, tutti maschi, che erano cresciuti per essere dei bravi ragazzi, e una manciata per la loro madre che era sempre felice quando la loro madrina Charlotte veniva a trovarli.

La vita poi si è rivelata buona per tutti, anche per Richard Ossington, che in realtà non aveva alcun desiderio di sposarsi. Con il tempo Elizabeth arrivò a vedere la sua stagione a Ossington non come un ricordo pesante, ma forse come il momento più significativo della sua vita e il momento in cui aveva veramente capito cosa fosse realmente la vita. Per come Mr. Levitt aveva detto, non c'era senso nel matrimonio se non fosse stato per amore e nell'incontro con il capitano William Daventree Elizabeth aveva trovato quell'amore e ora viveva al suo interno. Due persone non potrebbero essere più felici di loro, e come Elizabeth osservò alcuni anni dopo: "vale la pena di vivere per l'amore."

Più libri di Liz Levoy

Il segreto di Lady Jane

A Regency Novel

Dopo che Lady Jane è stata tradita dal suo ex fidanzato, ha perso interesse per gli uomini. A peggiorare le cose, suo padre ha sperperato la fortuna di famiglia e Jane è costretta a lavorare per guadagnarsi da vivere. Viene assunta da Charles Wellington, conte di Southwell, come governante per le sue due figlie gemelle di sei anni che si sono prefissate il compito di respingere qualsiasi governante che faccia domanda. Ma Jane piace alle ragazze, e anche il conte sembra chiaramente preso da lei, anche se quest'ultima non gli svela le sue vere origini.

Proprio quando si confessano il loro amore, appare l'ex fidanzato di Jane, Albert, che l'ha lasciata anni fa. Albert scopre rapidamente che Jane e Charles sono impegnati in più di una semplice relazione d'affari e diventa geloso. Tenta nuovamente di conquistare il cuore di Jane.

Quando Jane lo rifiuta definitivamente, Albert si vendica informando Charles del suo passato e della situazione finanziaria della sua famiglia. Charles vede confermato il suo sospetto che Jane cercasse solo la sua fortuna e la respinge.

Alla fine la verità verrà fuori e Charles e Jane si ritroveranno?

Circa l'autore

Liz Levoy è un'autrice di storie d'amore di successo da quando era all'ultimo anno delle superiori. Levoy scrive romanzi rosa davvero appassionanti ed ama avvincere i lettori usando tutta l'esperienza maturata girando il mondo con i suoi viaggi.

I sentimenti d'amore, di desiderio e di chimica dominano ogni suo libro e tutti i suoi personaggi, i quali prendono vita nella strenua battaglia per arrivare all'amore.